余命10年

小坂流加
Kosaka Ruka

1

ゆらゆらと街は陽炎《かげろう》で揺れている。

林立するビルの窓は灯台のように明滅している。すれ違う電車の残像が光を引いていく。雑踏の先から路地裏へ駆け回る子どもたちはコンクリートの上に点滅する光を踏んでいくように走り去る。騒がしい声とすれ違ったバスから降りた乗客は光に刺されると小走りに建物の下にかろうじて伸びてきた墨色の影の下に逃げ込む。自動ドアが開くと、焼けた肌を冷風が癒す。入って来た人間は一様に安堵《あんど》の息を漏らす。

白い天井と白い壁で守られているその場所は真夏から取り残されたような場所にあった。この夏、茉莉《まつり》は窓からしか夏を見ていなかった。白で塗り固められた天井と壁は寒々しく、リノリウムの床に差し込む光の揺らぎも弱々しかった。窓辺に置かれたひまわりと、赤い算数ドリルの鮮やかな色彩もこの空間に元気を吸い取られたかのようにしぼんで見えた。

礼子《れいこ》の心臓の鼓動を刻む機械音が室内に響いている。

規則的にしたたり落ちる点滴がまた光った。

「茉莉ちゃんは、人生に後悔はない？」

シーツよりも白い肌をした礼子がほほえみながら言った。

茉莉は黙って耳を傾ける。

「ありがとうと、ごめんねと、好きです。それがわたしの後悔。言えずにいた人たちに伝えたい。『ありがとう』は今はアメリカにいる高校の頃の先輩。なかなか友達ができなくてひとりぼっちで隠れるようにしてお弁当を食べていた私をその人だけが見つけて、話しかけてくれた。『ごめんね』は小学校の頃飼っていた犬が産んだ子犬。うちでは飼えないって、母が近所の獣医さんのところに連れてっちゃったの。親と離れ離れにしちゃったこと、謝りたい。『好きです』は学生の頃バイトしてたお店の店長。不倫になるから言えなかったけど、今なら言えそうな気がするわ。言うだけよ。愛は芽生えないから安心して。だって私の愛はもうたったひとりの人に芽生えてしまっているからね」

礼子との最後の会話だ。翌週、礼子は旅立った。天国という、誰も見たことのない場所へ。

礼子の病室の前の廊下で泣き崩れているのは、彼女の夫だ。その腕に抱かれながら、ランドセルの男の子はぎゅっと唇を嚙んで宙を睨《にら》みつけている。その子が握りしめている算数ドリルの赤色が、遠くから眺めていた茉莉の目に映えた。夫は悲痛な声を上げて泣きじゃくり、子供は細い腕で父親を抱きしめているようだった。

たまにロビーで顔を合わせるうちに言葉を交わすようになった礼子が死んだ。それはまるで、10年後の未来を見せつけられているようだった。

茉莉は礼子と同じ病を体に宿している。

20歳の夏、彼女は初めて人の死のリアルを見た。


青天の霹靂《へきれき》を、高林《たかばやし》茉莉は知っている。彼女のそれまでが晴天だったとは言えないが、大雨もなかった平凡で単調な人生に、それは唐突に訪れた。

「余命は人によってそれぞれです。高林さんの状態からして、すぐにどうなるということはまずありません。けれどこの病気は、いつ何が起きるかわからないんです」

急な入院からひと月後、病棟にある狭い一室で、そう告げられた。

両親の顔は蒼白になり、か細い姉はハンカチで顔を覆う。医者は気まずそうにカルテに視線を落とす。当の本人だけが笑った。

「知ってるよ。余命は10年。それ以上生きた人はいないんでしょ」

茉莉はそう言って、院内のインターネットで調べた資料を見せた。個室の雰囲気は更に悪化した。だから茉莉は更に笑った。

入院に合わせて買ったパジャマはまだ新品同様で、それを着ている彼女の肌も同じように若々しく、とても病人には見えなかった。

「別にいいよ。オバサンになるのなんて嫌だし。丁度いいじゃん。わたしは大丈夫。あと10年で十分だよ。人生なんて」

ハタチの彼女に怖いものはなかった。その時の言葉に嘘はなかったし、若くして死に至る自分に恍惚としたものを覚えていた。


病名を他人に告げても無意味だと思い知った。普通に生きている人間は病気の名前などほとんど知らないものなのだ。

医者になるか患者になるかしない限り生涯目にすることはない。臓器名と症状で組み合わされた漢字8文字ほどの羅列。国の医療機関が特異で稀な病だとお墨付きまで与えている。

普通に生きていたら遭遇しないはずの、友人のひとりも知らない稀《まれ》な病気なのに、家族の中で父だけはその病名を知っていた。

祖母が同じ病気で若くして亡くなっていたのだ。いつも冷静な父がその時ばかりは興奮したように医師に詰め寄って尋ねていた。遺伝性の症例もあると医師は心苦しそうに告げた。母親がどういうふうに死んでいったのかを見てきた父は、どんどん顔が青ざめて、最後には真っ白になった。絶望と放心と脱力に襲われて魂が停止してしまったように茉莉には見えた。

怖くなった茉莉は院内に設置されているパソコンを使って病気のことを更に徹底的に調べた。

発症率を知った時茉莉は仰天すると同時に絶望した。宝くじに当選するよりこの病気が発症する確率の方が低かったからだ。町内会の福引にさえ当たったことのない自分が、どうしてこれには当選したのだろう。親族に遺伝することもあるというけれど、年齢の近いいとこや親せきは何人もいる。どうしてわたしだけに遺伝したのだろう。

茉莉は目にしたデータの前でしばらく呆然《ぼうぜん》とした時を過ごした。


やがて初めての発作に襲われた。意識不明。大きな手術。退院の兆しの見えない毎日。胸に残った大きな傷痕。悪くなるばかりの顔色。荒れていく肌。ゆっくりと、確実に彼女は『病人』に変貌していった。

怖いものなど何もないはずだった。しかし、病棟の消毒くさい真っ白な箱の中で過ごす毎日の中で、茉莉はさして気にも留めないようなカケラから、宝石のような宝物に至るものまで、ひとつずつ、ひとつずつ失っていった。

病魔が体を喰い尽くしていく痛みを体感して初めて、自分の身に起きた重大な出来事に気付いた。それがどれほどの損失であるか、またそれもゆっくりとひとつずつ気付いていった。

当たり前のものが当たり前でなくなった瞬間、茉莉は恐怖を覚えた。若さが作り出していた無敵という能天気な強さは、とっくに破壊されていた。

ひとたび発作に襲われると咳《せき》が止まらなくなる。幾日も止まらない咳に茉莉はベッドの上でもがき苦しんだ。酸素マスクをしたり外したり、集中治療室と病棟を行ったり来たりの日々が続いた。

現代の医療技術では治療の方法が見つかっていないうえ、特効薬もない。ただじりじりと死を待つだけの、怒りや悲しみのやり場もない残酷な病に、茉莉はもがき続け、入院してからあっという間に1年が過ぎた。

体中をチューブでつながれかろうじて生きていた茉莉は、白く陰気な天井を見上げて思った。

無敵だった自分はもういない。友人たちと同じ軌道からは外れてしまった。もう、以前のような生活には戻れない、と……。

21歳の誕生日は朦朧《もうろう》とする意識の中で迎えた。短大は中退、仲間たちはみんな社会へ出て行った。けれど茉莉は繋《つな》がれたままだった。

寿命だけが足早に仲間たちを追い越していった。

あと10年しか生きられないとしたら、あなたは何をしますか。

長いと思い悠然と構えられますか。短いと思い駆け出しますか。

あと10年しか生きられないと宣告されたのならば、あなたは次の瞬間、何をしますか。

2

2年が過ぎた22歳の春、茉莉は退院した。

治療という治療はすべて行われた。認可されたばかりの薬も試したし認可されていない保険の利かない薬も試した。それでもどこかの偉い研究者の書いた論文通り、病気は完治しなかった。安静にしていれば自宅療養ができるようになったが、いつまた発作が起こるかわからないので働くことも無理な運動も止められた。連鎖的に悪くなる心臓や内臓機能の負担を少なくするための食事制限が行われ、入院期間で増えていった薬についても決められた通りに飲むよう厳しく管理された。

大きな爆弾は抱えているが、茉莉は退院まで漕ぎつけたことに胸を撫《な》で下ろした。白い病室や、他人との共同生活から解放されるのだから、医師の言う制限もきちんと守ろうと素直に思えた。2年という月日は茉莉を立派な『患者』に成長させていた。

病院の外に出て彼女は最初に空を仰いだ。

「空……青い……」

手を伸ばす。届きそうだった。掴めそうで伸ばした手を握りしめた。開いた手の平を見てニコリと笑う。桜の花びらが乗っていた。

「茉莉、どこか寄って行こうか？」

トランクに荷物を詰め込んだ父が振り返る。茉莉は頷いた。

「桜。見たいな」

「じゃあ公園に寄って行こう。そこでジェラートを食べようか」

「うん！　どうしよう。ミルクにチョコにヨーグルト。イチゴとかマンゴーもいいな。あ、季節の味もあるよね〜。迷っちゃう」

茉莉の声が弾んで両親は顔を見合わせて笑った。車が走り出しても茉莉は窓を開け、なお空を仰ぐ。空はどこまでも広がっていた。病室の窓枠に囲われた窮屈な空とはどこまでも違っていた。


茉莉は自室の床に書類を並べている。

「特定疾患に……障害者保険、障害者手帳」

それから通帳と印鑑。通帳を開くと、『ショウガイシャネンキン』と書かれた振込み欄が1年前から始まっていて、すでに100万弱の貯金があった。

「……これが年金か」

「そうよ、茉莉」

姉の桔梗《ききょう》が部屋に入ってくる。茉莉の好物がテーブルいっぱいに並べられた退院パーティの片づけを終えてきたのだろう。廊下の向こうから父が好きなジャズのメロディーが聞こえてきた。

「あ、桔梗ちゃん。部屋、掃除してくれててありがとうね」

「ううん。ね、茉莉、今度のお休みはお洋服買いに行こうか。それともどこか遊びに行きたいところとかある？」

「そんなにいきなり体動かないよ」

はしゃぐ姉の提案に苦笑すると、姉はしゅんとうつむいて、

「そうね、退院してきたばかりだもんね。一気にいろいろできるはずないわよね」

恥じるように言う姉に、茉莉は慌てて言葉をつづけた。

「お散歩したい。近くの公園まで歩いて、ベンチでお弁当食べたいな。桔梗ちゃん、何か作ってよ」

そう言うと姉の顔がぱあっと輝きを取り戻した。

「いいわね、それ。お弁当作るわ。とびきりおいしいの！」

「おねがいします、お姉さま」

「任せなさい、かわいい妹よ」

「体力がついてきたら、お買い物にも連れて行ってね。ほしいものいーっぱいあるもの」

「もちろんよ。いままでいっぱい我慢してきたんだから全部買っちゃいなさいよ。昨日お母さんに見せてもらったけど、すごいね、年金。茉莉、私よりお金持ちかも」

「体張って稼ぎました」

茉莉がおどけると、桔梗がふふっと笑う。

「税金って払うの大変だと思ってたけど、巡り巡って茉莉の治療や生活を支えるお金になるのなら、お姉ちゃん、もっと頑張って働いちゃうわ」

「お世話になります、お姉さま！」

桔梗が出て行った後、茉莉はもう一度テーブルの上の資料に視線を落とす。改めて自分は誰かの保護下にいるのだと思った。

小さく溜息をつくが、リビングボードの上にある鏡にうつる自分と目が合うと無理矢理笑顔を作った。

もうここは病院じゃない。無機質な白い空間ではなく、母親と桔梗が丁寧に掃除してくれておいた部屋は隅々まで清潔だし、お気に入りのものたちであふれかえっている。なんといっても他人の気配がしない。煩わしいおしゃべりな患者も口うるさかった看護師も気難しい医師もいない。完全にプライベートな空間だ。口に合わなかった食事だってもうここにはない。母親と桔梗に言えば、おいしい食事をいくらでも作ってもらえる。病院で溜め込んでいたストレスはここにはなにもないのだから溜息なんてつく必要ないはずなのに。

桔梗が敷いてくれた趣味のいい円形のラグの上に寝転んで通帳を見上げ、ひとりごちた。

「茉莉ちゃん、お金持ちだもんね！　洋服いっぱい買おー……。それから指輪も欲しいな。あとかわいい靴も。……っておしゃれしてどこに行けばいいんだろうね」

お気に入りの家具や雑貨に囲まれながら、茉莉は急に不安に襲われる。突然自由にされても自分には行き場がないことに、今気付いたのだ。

しんとした部屋に、ジャズの音と母と姉の声が聞こえてくる。茉莉は胸が震えた。病気になってからどれだけ家族を泣かせただろう。もう二度と誰も泣かせたくはない。だからもう、自分も泣かない。

これからの新しい生活で何が起ころうと、もう家族を泣かせない。半分途方に暮れながら、もう半分で茉莉は自分への叱咤《しった》を続けた。

お父さん、ごめんなさい。

成人式の振袖着られなくて。
お母さん、ごめんなさい。
何一つ期待に添えないことばかりで。
桔梗ちゃん、ごめんなさい。
優しくしないでって、時々思う情けない妹で。
ごめんなさい。
誰より遅く生まれたのに、誰より早く死んでしまって。
残りはあと、８年。

3

退院して3ヶ月が経《た》った。

少しずつ外へ出て、生活に慣れ始めた頃だった。

中学時代の同級生、沙苗《さなえ》との長電話が茉莉の夜の楽しみになっている。

「なんか、ヒマってすごいよね。朝起きて、今日は何しようかなって思うの。それで夜寝る時、今日は何したかなぁって思うの。かなり怖くない？　わたしボケるかも」

「何言ってるの。いくつよ、茉莉」

「22。でももうすぐ夏が来て23歳。1日が過ぎるのはゆっくりなのに、1ヶ月はあっという間に過ぎていくの」

「あ、それ言えるね。学年っていう枠組みがなくなった途端、なんだか時間の流れが変わった気がする。ママがよく、1年があっという間、って言ってるけど、だんだんわかってきた気がするもん。ヤバイね、確実に年取ってるってことだよね。ねえ、そんなにヒマなら少し出かけてみる？　今、少しずつ散歩したりして体慣らしてるんでしょ？」

「うん。お散歩してるよ」

「〝お散歩〟って老人じゃないんだから……。じゃ、ちょっと若者らしいとこ、行く？」

沙苗が意味深に笑う。茉莉はピンときた。

沙苗は、容姿はふんわりしたワンピースが似合う栗色《くりいろ》の髪の美少女系だが、頭のてっぺんから足の先まで純度１００％、完全無欠のオタク女子だ。

「茉莉、家帰ってきてもアニメとか見てるの？」

「うーん、見てる。だってバラエティも最近全然面白くないしさ。なんか売れ出すとみんなコントとか金かけるだけでネタ最低って感じだし。ニュースは見ないし、ドラマもなんか面白くないじゃん？　でもテレビが一番の暇つぶしだし」

「そういうの、テレビが友達って言うの」

「うわ、ひどいな。でもまぁ、見てるよ。アニメだけだよ、わたしを癒してくれるのは」

「じゃあ、更に癒されに行こう！」

「どこ？」

「内緒」

沙苗は小さく笑った。

総武線と山手線の交差点。外国人がいる。サラリーマンがいる。ハッピのお兄ちゃんがいる。ケミカルウォッシュが現存している。ロリータが生息している。メイドが闊歩《かっぽ》している。巫女《みこ》がティッシュを配っている。リュック漂流、Tシャツin。外国人がカメラを構える。観光バスが電化製品の量販店の横につく。観光とビジネスと萌えと本能の街。

「ワオ……アキバ……」

「そう。アキバ！　オタクの聖地！」

「わたしまだオタクってわけじゃ……。アニメは好きだけどさ……」

「じゃあ何、この携帯の待ち受けは！」

沙苗が茉莉のジーンズのポケットから携帯電話を抜き取って開いて、黄門さまの印籠のように突き出す。画面には髪の青い少年が映っている。アニメーションヒーローのお気に入りのリリヤさまだ。

「オタクの道も待ち受けからってね」

「えー。そうかなぁ。たまたまサイトで見つけたから」

「見つけたから嬉しかったんでしょ！　リリヤかわいいなとか、カッコイイなとか思ったんでしょ？　茉莉の趣味はわかる。ヒーロー好きだもんね。主人公、美少年、ヒーロー。三種の神器は揃《そろ》ってるもの。ハイ、茉莉もオタク仲間」

「やだよー。わたしオタクはやだってば」

「まあまあ。とりあえず今日はわたしに付き合う気持ちで遊ぼう」

「沙苗ちゃん、しょっちゅう来るの？」

「当たり前でしょ。それに画材とかも買いたいしね」

「まだ漫画、描いてるんだね」

中学生の頃を懐かしむように茉莉は言った。

沙苗はあの頃から見た目だけは正真正銘の美少女だった。年齢を重ねた今も華やかな美しさは健在だ。アキバじゃなくてシブヤならナンパされまくりだろうに、勿体《もったい》ないなと茉莉は思う。全身ヴィヴィアン・ウエストウッドでコーディネイトしても石を投げられない子なんてそうそういないのだから。

慣れた歩調で歩き出す沙苗にくっついて茉莉は辺りを見回す。駅前の広場ではメイド服を着た女の子たちが歌っている。それをぐるりと囲むカメラを構えた集団が突然大きな声を張り上げたので振り返ってみると、どうやら声援を送っているらしかった。

茉莉は沙苗の後ろにくっついてびくびくしながらも、湧き立つ好奇心を隠しきれないでいた。すべてが刺激的だった。

「茉莉は描かないの？」

「え？　何」

「絵だよ絵。中学でも高校でも描いてたじゃん。わたし絶対、茉莉は美術系行くと思ってたよ」

「そんなの無理に決まってるじゃん。でも普通の短大行くなら沙苗ちゃんみたいに専門行けばよかったかなって思うけど。さすがに絵は無理だよ。沙苗ちゃんは神がかってたけど」

「その神が唯一認めてたのがあなたなんだけどね」

茉莉は思わず顔を覗《のぞ》き込んだ。沙苗は少し怒っているように眉根に皺《しわ》がよっている。

「わたしは茉莉の絵、好きよ。でも高校の頃、美術部で描いてたのはあんまり好きじゃなかった。転入してきて一緒に描いてた頃の茉莉の絵が、わたし大好きだった。将来漫画家になったら、絶対一緒に組みたいって思ったもん。茉莉が東京に転校してきたのはわたしと会うためだ！　運命だって思ってたんだよ」

「あは……ならもっと早く言ってくれれば……」

茉莉は口端を上げる。沙苗は見透かしたように片頬で笑った。

「茉莉は漫画研究会ってのが嫌だったんだよね」

「え……それは……」

「もういいじゃない。時効よ時効。中3でクラスが変わった途端、茉莉美術部に行っちゃって、その時わかったよ。茉莉は漫画を描くのが恥ずかしかったんだよね。でも、うん、わかる。そういう子、茉莉だけじゃないし。わたしはほら、猪突猛進《ちょとつもうしん》っていうか、コレって思ったらドドドーッて感じだからさ。でも茉莉の絵は好きだったから、ずっと見てたわ。高校になっても見てた。でも茉莉の絵、いつもつまらなそうだった」

「そんなキツいんだけど……」

「だから時効でいいじゃない。思い出話よ」

「にしては心が痛む……」

「痛めなさい。わたし、ショックだったんだから。運命だ！　って思った人に逃げられて」

「逃げたわけじゃ……」

「逃げたくせに」

沙苗に見据えられると茉莉は何も言えなかった。

まだ制服を着ていた頃が脳裏に浮かぶ。中１の終わりに群馬の田舎町から東京へ転校してきた茉莉が、慣れない都会での新しい生活を気持ちよくスタートできたのは、沙苗と出逢ったからだ。絵が好きという共通点で２人はすぐに仲良くなった。

当時から沙苗は漫画研究会の星で、ある種族から神のように崇められていた。茉莉にとって沙苗こそが一番のカルチャーショックだった。

茉莉は観念したように俯《うつむ》いた。

「ごめんなさい。逃げました」

「茉莉はオタク嫌いだもんね」

「嫌いって言うか……だって沙苗ちゃんの漫画に懸ける情熱すごかったし。沙苗ちゃんに告白したいって男の子たくさんいたけど、漫研の部室に連れてくと、全員超ひいてたもん」

「アハハ！　わたしあの頃から漫画描きながらコスプレとかもしてたもんね。もしかしてそれ見た？」

「見た……。ネコミミつけて漫画描いてた。かわいかったけど」

「そっかー。男のロマンだと思うんだけどな」

「ネコミミ？」

「ネコミミ」

茉莉がひくと、沙苗は鈴のような声で笑った。

「今はどうなの？　携帯がオタクの茉莉ちゃん的に」

「うーん。アニメは好きかも。てか、他の番組見てると苛々するの。つって何でアニメなんだって話だけど」

「アニメは夢の世界だからにゃ〜。でもま、自分の電波に引っかかったなら、大事にしてみていいんじゃない？　そっから人生広がるってこと、いっぱいあるしね。あ、

「ここだよ茉莉！」

　通りから1本入った路地の雑居ビルを見つけると、沙苗は茉莉の腕を引く。配管むき出しの古びたビルの狭い廊下が心細くて、茉莉は沙苗のスカートを握った。唸《うな》るエレベーターで上へ上がると、沙苗は不敵な笑みをこぼした。彼女のテンションが上昇しているのがわかる。

「ここ！　今日コスプレイベントあるんだよー」

「コスプレって何？　わたしそーゆーのはちょっと……」

「まあまあ、何事も経験ってことで」

「ちょっと！　沙苗ちゃんっ！」

　茉莉が叫ぶのもお構いなしで、沙苗は茉莉をビルの一室に押し込んでいった。

「沙苗ちゃん、やだよ、怖い！」

「何言ってるの。誰も取って食わないわよ」

「でも……」

「ほーら！　ボケるかもって言ってるあなたのボケ防止に」

「なんでボケ防止にコスプレ⁉」

「刺激よ、刺激！」

　沙苗は軽く微笑んで茉莉の手を引く。メイド服と戦闘服の受付嬢がいらっしゃいませと笑う。片方のメイドが沙苗に気付くと身を乗り出した。

「あの！　桜姫華《さくらひめか》さんですよね？」

「え？　あ、はい」

「今日は参加されないんですか」

メイドの異常なまでの目の輝きに、茉莉は沙苗とメイドを交互に見つめる。沙苗は煩わしさを出さないように片頬で笑うと、ええまあと頷いた。メイドはまだ何か言いたげだったが、沙苗は無理矢理茉莉を会場に押し込み、足早にその場を去る。後ろからは小さな興奮が冷めやらない雰囲気を、茉莉は感じていた。

「ねえ」

「ん？」

「サクラヒメカさんて誰？」

「はーい！　わたしでぇす」

ユニオンジャックのプリントされた鞄《かばん》を頭の上まで上げて、沙苗はにゃはっと笑った。体をしならせるその仕草は普通にかわいいので、どこから突っ込んだらいいのかわからなくなる。サクラヒメカなんていうかわいらしすぎる名前でも、アリなのかと許せてしまう。

「ホントに沙苗ちゃん、オタクじゃなかったらどれだけ男に不自由しなかったことか

「……」

「だーって、男より2次元の方が楽しいんだもん。にゃは！」

猫のように小首を傾《かし》げて笑うと、沙苗は茉莉の手を引いた。

「まあ、わたしのペンネームはこっちに置いておいて、今日はコスプレを楽しもうよ、茉莉！」

「沙苗ちゃんもやってるの、コスプレ？　さっきのメイドの子、アイドル見るみたいに見てたよ」

「つか今日は遊びに来てるんだから声かけんなって感じ？　だからガキは嫌いなのよ」

さきほどの「にゃは！」と同一人物とは思えない声で言う沙苗に引きずられて、茉莉はその聖域に足を踏み込んだ。

目の前に広がった空間には、毎週楽しみにしているアニメのキャラクターたちがいた。茉莉は大きく目を見開いて沙苗を見る。彼女はまた子猫のようにしなやかに笑った。中学時代、ネコミミをつけながら壮大な冒険漫画を描いていた沙苗が第1次カルチャーショックならば、これは新たな金脈を発見したような衝撃だ。

「なんで……なんでいるの？　なんでリリヤとか存在してんの」

「しっかりして、茉莉。あれはコスだから。あの人リリヤじゃないから。アンタの待ち受けの少年じゃないから」

「だって本物みたいだよ！　髪の毛青いし肌白いし、戦闘服着てるしっ！　あっちにはリーザス艦長もいる！　あれティーシャだよ！　すごい、本物のドレスみたい……！　うわぁ、かわいー」

「茉莉しっかり。アンタ目がハートになってる」

「だってだって！　なんなのこれ！　アニメの世界へこんにちは？」

「むしろオタクの世界へこんにちは、なんじゃない？」

「えー。でもすごいかわいー。ティーシャの人、超かわいいよ、マジでヒロインって感じ。ああ、あのリリヤ持って帰りたい……」

「合コンかよ」

「合コンしたい、マジで」

息巻いて言うと沙苗は噴き出した。

沙苗にテレビアニメを見ていると気付かれたのは、見舞いに来てくれた病室に置いていたテレビ雑誌だった。茉莉が視聴のしるしをつけていたのがアニメばかりだったのだ。「なんかわたしがチェックしてるのと被るんだけど」と沙苗に指摘されて初めて茉莉は自分がどれだけアニメ番組を見るようになっていたか気が付いたのだ。

「沙苗ちゃんもあーゆーのするの？」

「あーまあね。わたしも今『クロボ』ハマってるし。来月あるイベントでティーシャのドレス着るつもり」

「イベント？」

「コスプレと同人誌の即売会。茉莉もおいでよ。こんな規模じゃないくらいコスプレ見れるよ」

「うわ、行く行く！　すごぉーい。ホントにすごい。あれ、どこに売ってるの？　もしかして手作りなの？　素材どうなってんの？　ホントにすごいよう。みんななんかの職人？」

「いや、普通の素人《しろうと》だから」

「ホントに？　でも本物の服みたいだよ。何であんなふうにできるんだろう」

「そりゃ、キャラへの愛、作品への情熱よ」

「……わお」

沙苗の一言で冷静さを取り戻したのか茉莉は姿勢をただした。自分でも唐突の興奮に決まりが悪い。

「あれ？　姫華さん？」

「あー姫華ちゃんだ！」

戦闘服を着た赤や青やピンクのカツラの連中が沙苗の姿に集まってくる。アニメのキャラクターたちが馴《な》れ馴《な》れしく沙苗と話す輪の中に、茉莉は入ることができず、会場を改めて見渡していた。

入院中、あの膨大な「暇」という時間はテレビと共にあったようなものだった。ドラマ、バラエティ、ニュース、アニメ。あらゆる番組を網羅していた茉莉だったが、入院期間が延びていくにしたがって、見るものの中から殺人事件ばかり報道するニュースが消え、笑えもしないバラエティが消えた。同世代が主人公になり「これが世間の20代」と決めつけるドラマが消えた。

残ったのが、アニメだった。アニメだけは仮想でいられたし、アニメだけはプレッシャーを与えてこなかった。

茉莉は会場を見渡した。アニメのキャラクターを演じているコスプレイヤーがカメラのフラッシュの中で笑っている。『宇宙戦士　クロスボード』というアニメの主人公たちがそこにはいた。茉莉を唯一楽にしてくれるものがそこには存在していた。

横を見れば、姫華と呼ばれる沙苗が楽しそうに話をしている。そうだ、沙苗はいつも楽しそうだった。漫画を描いている時もネコミミをつけている時も。茉莉の記憶の中に、落ち込んでいる沙苗はいない。

「茉莉、ごめんね。みんなコス仲間なんだー」

「そう……」

「どうした？　あ、疲れちゃった？　そろそろ帰ろうか？　今日は、こんな世界もあるよーって茉莉に見せてあげたかっただけなんだ。ホラ、アニメもいろんな角度から楽しめるっていうかさ。ボケちゃうくらい暇なんて、やっぱ勿体ないじゃん。あー、でも刺激強かったかな」

「強かった……脈拍も血圧も上がってるよ」

「うわ、やばいじゃん！　帰ろ帰ろ！　ダメダメ、健康第一」

沙苗に手を引かれると、茉莉はふわりと軽く浮いた気がした。

「初めてのコスプレ……」

「茉莉しっかり！　アンタ、オタク嫌いじゃなかったの！」

「なんかみんな楽しそう……」

「ああん、ちょっとマジで生きてる」

「ちょっと夢心地」

恋に落ちた瞬間のような心地だった。

会場を出て秋葉原の通りに戻っても茉莉はフワフワとしている。沙苗は刺激の少ないファーストフード店に茉莉を引っ張り込むと、烏龍茶《ウーロン》を買ってきてくれた。

「刺激、強すぎた？」

反省するように頬を掻《か》きながら沙苗が聞いてくる。窓際に座った茉莉はまだぼんやりする頭で「強かったね」と笑った。

「茉莉、とりあえず水分とりな」

「あ、はーい。あ、ついでに薬飲んじゃお」

「え？　待った！　何か食べないと。ポテト買ってくるから」

「あ、うん。お願いします。あ、でもダメ。あんまり塩分強いもの、食べちゃダメって……」

「えっと、じゃあサラダかなんか見てくるよ」

踵《きびす》を返すと、沙苗は走ってレジへ向かって行く。その背中を見つめていると出会った頃を思い出す。

沙苗はかわいいけれどアニメオタクだからとクラスの女子から敬遠されていたが、転入したてでひとりぼっちだった茉莉と初めてちゃんとした会話をしてくれた。話しかけてくれる人はいたけれど、みんな茉莉のことを聞くばかりで自分の話をしてくれる子はなかなかいなかった。通り一遍の自己紹介がすぎれば人垣はどんどん去っていった。なんとかしてクラスになじまないと、と焦っていた時何気なくノートに描いていた落書きを覗き込んできた沙苗が明るい声をかけてくれたのだ。「高林さんそれすごく上手！　絵好きなの？　わたし藤崎《ふじさき》沙苗。よろしく」

あの頃から変わっていない。沙苗は見ていないようで見ている人だ。

アニメへの有り余る情熱ばかりについ人は目が行ってしまいがちだけど、沙苗は困っている人を放っておかない、周りに目も気も配れる人なのだ。

沙苗が買ってきてくれたサラダを少し食べてからピルケースを出す。赤白黄色の錠剤が次々と手の平に盛り上がり、その数は10錠ほどに達した。最初は肺の血管を広げる薬だけだったのに、胃が荒れるので胃薬が処方された。そのうちに貧血になりやすくなったので鉄剤とビタミン剤が加わり、心臓に負荷もかかってきたのでそれを和らげる薬が加わった。本当に体はドミノが倒れていくようにあらゆる場所が悪くなっていく。

「薬……また増えたね」

思わぬ言葉を沙苗が呟《つぶや》くから、茉莉は驚いて沙苗を見つめる。

じっと茉莉の手元を睨むような目で見つめていた沙苗は、我に返ったように茉莉が残したサラダにフォークを突き刺した。

「疲れたらちゃんと言いなよね。これで具合悪くなったら本末転倒だからさ。わたし、自分が夢中になるとつい茉莉のこと引っ張りまわしちゃうから茉莉から言ってほしい。茉莉は自分のことあんまり話さないし、盛り上がってたらそれを邪魔しないようにしようって思うタイプだけど、わたしには言ってくれていいから。押し付けがましいかもしれないけど……」

何も悪いことをしていないのに、まるで叱られた子供のような顔をして沙苗はサラダを咀嚼《そしゃく》している。

じんわりと茉莉の中に温かい優しさが沁み込んでくる。「わたし藤崎沙苗。よろしく」と笑いかけてくれた沙苗……。あの笑顔を見上げた中学の時の安らぎを思い出した。

結局あの頃は沙苗のアニメへの情熱についていけなくて離れてしまったけれど、根本にいる沙苗のことはずっとずっと好きだった。

心配させたくなくて、知らなくていいことに巻き込みたくなくて病気のことを話したりはしてこなかったけれど、沙苗のことは信用しよう。怖がらずに心を開こう。そうすればきっと、中学生の頃よりもっと仲良くなれるはずだから。

茉莉は沙苗の言葉を素直に受け入れた。それを見た沙苗は照れくさそうにはにかんで笑った。


「はあ……すごかったね、コスプレ。びっくりした。なんかすごい。高校の頃、家庭科の課題でワンピース作ったじゃん？　その時楽しかったなぁって思い出した」

「ああ、茉莉、手先が器用だもんね。廊下に張り出されてたの見たよ。かわいいリボンがついてるのだったよね」

「うん。沙苗ちゃんはフリルと刺繍《ししゅう》まみれだったね。あれすごかったな。みんなロリータだって言ってたけど、女の子たちは着てみたい顔してた」

思い出したように茉莉が笑う。

「茉莉も着てみたかった？」

「えー？　まあ一度は憧れるよね。ピンクのフリフリ。あんなのが作れるんだから、沙苗ちゃんも器用なんだね」

「作れたからコスプレに目覚めたっていうのもあるけどねー」

「ふぅん。いーなー。楽しそうで。友達もたくさんみたいだし、いーな。楽しそう」

茉莉が烏龍茶を飲みながら頬杖をつく。さっき見た光景を思い出したように微笑んだ。沙苗にはそれが久しぶりの彼女の笑顔に見えた。だから思わず身を乗り出した。

「茉莉もやろうよ」

「え？」

「茉莉もできるよ。誰でもできるんだから。クロボ、好きならできるよ。リリヤかっこいいなとか思うならできるよ。楽しいよ」

沙苗は畳みかけるように言い、２人はしばらく視線を交わしていた。

しばらくして、茉莉がふっと笑う。

「オタクの道も待ち受けから、だもんね」

沙苗がはしゃいだように紙コップをぶつけてくると、茉莉は久しぶりに声をあげて笑った。

『オタクの道も待ち受けから』に始まり、ネットのお気に入り一覧、ＤＶＤレコーダー購入、ミシン新調と、茉莉は徐々に自分の周りを整えていく。それがとても楽しかった。行く当てもない服を買うよりも、ファッション雑誌を無理して端から買っていくよりも、ずっとずっと楽しかった。趣味に金をつぎ込むことは快感で爽快だった。

８月１日で茉莉は23歳になっていた。絶望しかなかった病院での２年間を埋めるように、生き急ぐかのように、彼女は日を追うごとに煌《きら》めきを見出した世界にのめり込んでいった。

沙苗の言ったイベントは、先日とは比べものにならない巨大なアミューズメント施設のような会場で開催された。そこで沙苗はコスプレをしながら自分で描いた同人誌を売るのだと説明した。会場に入った時から茉莉は口を開けてクルクル回りながら辺りを見回している。

「わたしも初めて来た時、今の茉莉と同じ顔してた」

「沙苗ちゃんはいつがイベントデビューなの？」

「中３かな。同人誌出したのは高校生からだけど」

「さすが……」

「師匠とお呼び」

「はい師匠！」

感心しているところに、沙苗を呼ぶ声がする。

「姫華さん！」

「あ、おまたせー」

「オハヨー！　見て見て〜。昨日できたの」

沙苗の周りに集まってくるアニメキャラクターになりきっているコスプレイヤーたちを見渡して、茉莉は萎縮しながらもソワソワと視線を動かす。ドキドキとまた脈拍が上昇した。

「姫華ちゃーん、おはよう！」

そう駆け寄ってきた青髪のお姉さんは、愛すべきキャラのリリヤだった。辺りには戦艦の艦長やら、ヒロインやらがふわふわと漂っている。茉莉は目を輝かせた。

「姫華ちゃん、その子？　お友達」

「あ、うん。マツリちゃん。リリヤが大好きなんだよね」

「あ……ハイ」

茉莉がコクンと頷く。

「リリヤんファン？　うわー、嬉しい。私もなんだ！」

「リリヤ、カッコいいよね」

「先週なんて、最高だったよね」

「ハイッ！　カッコよかったです！」

お姉さまたちの勢いに負けない声で言うと、その瞬間、茉莉は『受け入れられた』気がした。

「姫華さん、更衣室行くんでしょ？　マツリさんは、一緒にこっち行こ」

「あ、ハイ」

「そんな緊張しなくていいよ！　姫華さんの同級生なんだよね？　私たちもほとんど変わらないし。リリヤを愛する者同士、仲良くしよ」

青髪のお姉さんがニッコリするとまるで画面の向こう側のリリヤに微笑まれたようで、茉莉は卒倒しそうになった。

「みんな、マツリのことよろしくね」

「はーい。大丈夫だよ、マツリさん。マツリさんは座っててくれればいいから」

「ありがとう……」

広い吹き抜けの会場には所狭しと机が並べられて、至るところで忙しそうに人が動き回っている。

「マツリさん、イベント初めてなんだってね」

「うん。だから全然わからなくて……」

「私と姫華ちゃんは同人誌出してるんだ」

「サナ……姫華ちゃんって、すごいんですか？」

すっかりお花畑に迷い込んだようにはしゃいでいるヒロインと艦長の後について行きながら、リリヤお姉さまに訊いてみる。

「それは見ればわかるよ。姫華ちゃんは同人歴も長いし、マジ、絵、うまいし」

「月野ちゃんだって、すごいじゃーん」

ヒロインがふわふわのドレスを翻して、そう笑う。それをぼんやり見つめている茉莉にリリヤお姉さまがパイプ椅子を勧めた。

「まあイベントって、要は楽しんだ者勝ちって感じ？　コスプレしたり同人誌買ったり売ったり？　自分の好きなことやればいいんだよ」

「わかりますそれ。大事ですよね！」

「うんうん大事！　あ、そうだ。マツリさんも絵がうまいんだってね。姫華ちゃんが言ってたよ。描かないの？」

「と、とんでもない！　もう何年も描いてないし」

「そう。でも私もそうだったんだ。クロボに会うまで、結構ブランクあったんだけどさ、ハマっちゃったもん勝ちって感じ？　やっぱ同人って楽しいし。コスプレもやめらんないしねー」

「すごいですね。リリヤの軍服そのままですよ」

「ありがとー。マツリちゃんはいい子だねぇー」

そう言うと月野はぎゅーっと茉莉を抱きしめてガシガシと頭を撫でた。見た目はリリヤだけど、軍服を脱いだら相当胸の大きな、面倒見のいい、そこら辺のＯＬなのだろう。そこら辺のＯＬと、そこら辺の余命10年があっという間に仲良くなれてしまう、それがオタク魂なのかもしれないと茉莉は思った。

「よし。今度はマツリちゃんもコスしなよ。私が作ってあげるからさ！」

「えーっ！　ホントに？」

「まっかせなさい！　オレが嘘、ついたことあるか？」

ヒーローの決め台詞《ぜりふ》を吐かれて、またしても卒倒しそうな茉莉をむぎゅっと抱き寄せると、月野は景気よく笑った。


イベントが始まると彼女たちの前には一斉に列ができ、同人誌は飛ぶように売れていく。ヒロインの衣装を纏《まと》った沙苗がハキハキと笑顔で応対しているのを、茉莉はやはり横で眺めていた。

いつもこの位置だったなと思う。中学の頃も隣でこんなふうに笑っている沙苗を見ていた。絵を描いている時も漫画を読んでいる時も、隣の沙苗はいつも楽しそうにしていた。沙苗と離れてから仲良くなった友人は、アイドルやスポーツ選手の追っかけを夢中になってやっていた。誰も何かにハマり、何かのために、何かをして、何だかとても楽しそうだった。茉莉の人生で、自分を変えるほどの、世界が眩《まぶ》しく思えるほどの何かとは、何だったのか。

絵を描くことは幼い頃から好きだったし、得意とも言えるものだった。けれど美術部に入った茉莉に顧問から美大への推薦状は来なかったし、部長になって欲しいと言われたのも彼女ではなかった。

余命10年と告げられた声を頭の端で思い出した。

今までのままなら、きっと退屈のまま死んでいく人生なのだろう。カラオケボックスのソファーに座って『なんか楽しいことない？』なんて言っていた頃のまま終わってしまう人生を思い描くと、茉莉は顔を顰《しか》めて頭を振った。ましてや真っ白な壁に囲まれたベッドの上で過ごすなんてもっと嫌だ。

ぼんやりしている茉莉の手を突然誰かが取り、ハッと我に返る。

「行こう、茉莉」

「え？　どこ」

「屋上にね、コスプレイヤーたちが集まるスペースがあるの！」

「マツリちゃん、行こう！」

いつのまにか、長蛇《ちょうだ》の列も、山積みにされていた本もなくなっていた。オタク街道を脇目もふらずにまっしぐらに走ってきた沙苗の底力を改めて見せつけられた気がした。きっと彼女は一度だって『なんか楽しいことない？』なんてストロー銜《くわ》えて呟いたことなどないのだろう。

沙苗が引っ張り上げると、茉莉の体が浮く。カタンとパイプ椅子が揺れた。

「茉莉、またびっくりしてドキドキしちゃうよ」

振り返った沙苗が笑う。茉莉はぎこちなく返事をしながらも、もうドキドキしていた。沙苗の手を握ってみる。また振り返った沙苗がニコリと微笑んで手を握り返した。

光に向かって走っていく彼女たちを追いかけながら、茉莉はドキドキが止まらなかった。初めて人を好きになる瞬間と同じで、静かに湧き上がる興奮に体が取り込まれていく。

『なんか楽しいことない？』

光の向こうへ抜けた時、茉莉は初めて呼吸をしたような解放を感じた。

自分だけの解放区を、やっと見つけた気がした。

楽しいってこういうこと。したいことしてる感覚。誰にも流されない感触。

単純で笑っちゃう。でも笑うことって大事。笑えることって必須。楽しいって人生の基盤。

人生楽しんだ者勝ちだもの！

4

衝撃のイベントから3ヶ月。

この3ヶ月はマイレボリューションそのものだった。過程をすっ飛ばして結果を言うと、茉莉はまたペンを握ったのだ。コスプレに魂をくすぐられた茉莉だったが、茉莉の絵を忘れられなかった沙苗が、また彼女にペンを持たせた。

「わたし、本気で描きたくないんだけど」

「まあ、試しに1枚描いてみてよ。合格したらわたしのアシスタントにしてあげる。そしたらしょっちゅう修羅場《しゅらば》で、ボケ知らずよ」

電話では物足りず家を行き来するようになった沙苗は、茉莉の部屋に原稿用紙を持ち込んだ。

「わたしも描くから」

「沙苗ちゃんて、漫画家なの？　夢かなっちゃった、みたいな？」

「は？　漫画家じゃないわよ。わたしはしがない同人作家。まーそれなりに生活できてるから働いてないけどね」

「おばさん叱ったりしないの？　オタク公認？」

「うーん、ママはあんまそーゆーの言わないかな。公認ってより放任？っていうか、自分の趣味に夢中でわたしなんてどうでもいいっていうか」

「趣味？　カルチャースクールとか？」

「そ。フラダンスに和菓子教室。あと水泳と乗馬。たまにスカッシュもやってるみたい」

「わーお。すごいね」

沙苗はうんざり気味に苦笑する。

「でもパパがかわいそう。いつも置いてきぼりで。茉莉のところは両親揃って山登りだっけ？　中学の頃聞いた気がするけど、まだやってるの？　だからなんだよね。お姉ちゃんが桔梗で、茉莉が茉莉花《まつりか》、ってやつ。ロマンチック〜って思った」

「最近はあんまりね……ホラ、わたし行けないし」

「あ……そう……」

「お医者に聞いてみたんだけどね。結構、ウチの家族行事って感じだったからさ、山登り。でも激しい運動はいけませんって」

今度は茉莉が苦笑した。笑って言うしかない話題だった。

「そっか。茉莉、イベントとか大丈夫？　こないだ引っ張り回しちゃったけど、つらくなかった？」

「あれくらいなら平気。でも本の片付けとか荷物の移動とか全然できなくてごめんね。最初から最後まで役立たずだよね」

「そんなことないよ。茉莉がいるってだけで、わたし楽しいし。大丈夫、わたし、超・力持ちだから」

「細いのに？」

「腕力と握力と肺活量だけはクラスでトップだったんだから。インドアなのに」

沙苗がアハハと笑うと、茉莉も笑む。

そうしているうちにペンはゆっくりと動き出した。漫画の絵など中学生以来だろうかと思いながら、横に積まれたＤＶＤのジャケットを真似《まね》てみる。その絵に沙苗が歓声をあげたのは言うまでもなかった。その１枚の絵に、沙苗はパソコンで着色して自分のホームページに載せたと翌日メールをくれた。

「沙苗ちゃんてあんなに強引だったっけ……？　強引つか、マイペースなんだな、ありゃ」

ハートマークいっぱいのメールを見ながら、茉莉はインターネットを開く。パソコン画面に映った青髪の少年の壁紙を眺めながら苦笑して沙苗のサイトに行ってみると、透明感のある色使いで自分の絵が変貌していた。

そのことに茉莉は激しく心を突き動かされた。そしてもうひとつ心を動かされたのは、サイト内にある掲示板に寄せられた書き込みだった。単純な誉め言葉だったけれど、まったくの他人からの言葉には重みがあった。

見る側だったネットに、その瞬間、腕を引き込まれた感触がした。それはまた『受け入れられた』感覚だった。

そうして茉莉は、周りに担ぎ上げられるように、ペンを持つようになった。

退院してから行くあてをなくしていた茉莉は、やっと居場所を見つけられた気がしていた。

受け入れられる感触を思い出させてくれるそこへと茉莉がのめり込むのに時間はからず、沙苗の同人誌のゲストとして何ページか漫画を載せてもらうことが常になり、あっという間に年を越した。

そろそろ茉莉も1冊描いてみなよ、という沙苗と月野の提案で、茉莉はその年の春、初めて自分で1冊の同人誌を描き上げた。

久しぶりにペンを執ったとき不思議な感覚に襲われた。描きはじめる活力が漲《みなぎ》り、頭が冴え、物を食べると美味しく感じた。発病してからというもの、いつも体のどこかに不調があり、思考にはいつもネガティブな霞《かすみ》がついて回っていて、水分制限や塩分制限を厳密に守ろうとすると何を食べても味気なかった。

それなのに、絵を描きはじめた途端、それらが一掃されたのだ。まるで、発病する前の自分に戻れたような感覚だった。だから夢中になって描いた。ネタは尽きなかったし時間は有り余るほどある。

ペンが走る時に感じる興奮は自分への期待を持たせてくれた。仕上がった原稿を見るとこのうえない陶酔感に包まれた。寝食を忘れるほど集中して描いていた。キリのいいところまで来て我に返った時に感じる健康的な空腹は、体が欲して口にする食事のおいしさの快感を思い出させてくれた。描いている時だけは心も体も病気を忘れられた。


描き上げた漫画が印刷されると、彼女の同人誌を待ちわびていた沙苗や月野が歓声をあげた。

「マツリちゃん、この漫画絶対売れるよ！」

「ホントに？」

「うん、初めて描いたと思えない！　絵もそうだけど、コマ割りとかもすごくいいよ」

「その辺は姫華ちゃんに教えてもらったんだけど……月野さんの同人誌も参考にさせてもらいました」

「いやーでもマジですごいわ。さすが姫華ちゃんが相方に欲しいって言うわけだ」

興奮気味にそう言う月野の目は確かで、茉莉が描いた同人誌は初めてのイベントで、淡々とだけれど確実に人の手に渡っていった。そしてイベントに3回ほど出ると、知らぬ間に完売してしまった。

こうして茉莉はイベントの常連になり、インターネット上にはイラストサイトを開設した。茉莉は居場所を得たのだ。そこは間違いなく世界とちゃんと繋がっている。

朝はメールチェックに始まる。サイトに掲載しているイラストやコスプレの写真に賛同して感想をくれた人たちからのメールを読み、返信を書く。新しく掲載するイラストの下書きや着色をする。パソコンの前に座っているだけでも、頭を使うとお腹はちゃんと減るから、お昼ご飯をしっかり食べるようになった。毎日作るのは大変だからと、桔梗が自分と父親の分のお弁当とともに、茉莉の分も用意してくれるようになった。お昼は桔梗が作る栄養バランスのとれたお弁当をしっかり食べた。お腹がすいて食べる食事は何よりもおいしいと最近改めて気づいた。病院にいた頃は空腹具合など関係なく決められた時間に食事が運ばれてくる。もともと薄味でおいしいとは言えない食事はいつだってあじけなかった。

午後は次のイベントの衣装作りに勤しむ。ミシンをしょっちゅう使っていることを知った母親が、ついでにスカートのすそ上げや着なくなったシャツのリメイクを頼んでくるようになった。母親の趣味に合わせたものを作ってあげるととても喜こんでくれた。『ありがとう』を言うのは茉莉の専売特許だったはずなのに、言われる側になった。『ありがとう茉莉。今度のクラス会に着ていくわね』そんなふうにはしゃいだ母親の笑顔はやっぱりうれしい。

夕方になると家族の夕食の準備をして、それが一段落したころから漫画を描き始める。ルーティーンの日常だ。けれどやることがきちんと決まっている日常なのだ。茉莉は朝起きて『今日は何をしようかな』なんてもう思わなくなっていた。真っ白だった日常が今は彩に満ちていた。

それから1年が過ぎた。

「マツリちゃんの絵、どんどんよくなるね」

「そうですか？　ありがとうございます！」

「もしよかったらさ、オリジナル描いてみない？　うちの編集さんがマツリちゃんの絵見て、ちょっと興味あるみたいだったんだよね」

オリジナルの漫画も手掛けている月野がコーラを飲みながら言い、前に座る茉莉はポカンとする。同人作家の中にはセミプロに近い人材がかなりいて、月野のようにオリジナル漫画で単行本を出しているプロの漫画家もいる。

「オリジナル？」

「んー、でも月ちゃん、オリジナルは厳しいんじゃない？」

「すぐにデビューできる実力の人がそういうこと言わない！」

沙苗の言葉を月野が制す。沙苗はむうっとストローをくわえたまま引き下がる。かわりにカットソーから大きな胸が見えそうなほど身を乗り出して月野は言う。

「やってみたら？　マツリちゃんならいけると思うよ」

「オリジナル……漫画家ってことですか……？」

「まーそうね。漫画でメシ食ってるわけだから。同人作家からヒット漫画家になってる人、結構いるのよ。億万長者も夢じゃない」

「そりゃ夢だ」

沙苗が水をさすと、月野はちょっとでかいことを言ったなと笑う。

「あーはい。ちょっと考えます」

「じゃあネーム（漫画の下書き）できたら見せてよ。ね？」

「月野さんって少女漫画描いてるんですよね？　普通に高校生とかの恋愛描けばいいのかな」

「うーん、今は普通じゃダメよ。今のガキどもは普通じゃ満足しないから」

「そうそう。わたしらの時代はキス止まりだったのに、今はヤっちゃってるもんねー、フツウに」

「へー」

「でもデビューとかできちゃったら、すごいでしょ」

月野のその一言に、茉莉は強く胸元を掴まれた。

「でもわたしは担当とかウザいし、自分の描きたいようにやるのが一番好きだけどなぁ〜。アレ、体壊すよ」

「精神もね」

「沙苗ちゃん、やったことあるの？」

「んーまあ、少しね。やっぱ単行本とか出してみたいじゃない。同人誌で売れ出してちょっと有頂天になってってやったけど、やっぱりプロってつくもんは厳しいよ。要求がハンパじゃないしね。茉莉も肩の力抜いて、とりあえずくらいの気持ちでやりなよ。体壊したら、あんた洒落《しゃれ》になんないんだからね」

「はーい」

いい返事を返すけれどすでに目の前にでかでかと『デビュー』と書かれた紙が貼りついてしまった。2人と別れてから古本屋に寄り、めぼしい少女漫画を買い漁った。描写をするために読者対象が高校生のファッション誌、高校生作家が書いて一時期学生たちのバイブルになっていた恋愛小説、告白を成功させる10の裏技、愛される女になるためにしておきたい20の条件、モテまくり必勝法！、なんてコピーが表紙に躍る恋愛のハウツー本まで買ってしまった。

彼女はもう24歳になっていた。働き盛りの女が家に籠ってばかりいていいのだろうかと、毎日勤めに出かける姉を横目で見ながら焦りを募らせていたのだ。

部屋にいるとノックの音がした。

「はい」

「茉莉、何してるの？　あら、今日はパソコンじゃないのね」

姉の桔梗が入ってくる。お風呂上がりでスッピンだけれど、姉はいつも美しい。

美術部だった茉莉が絵を描いているのは見慣れた光景なのか、筆がつけペンに変わっていようが、キャンバスが漫画用原稿用紙やパソコンに変わっていようが、その辺は姉にはよくわからないらしい。アウトドア志向の家族は皆、オタクの世界のことをよくわかっていないようだった。

「うわぁ、今時の漫画ってかわいいのね」

「ねー。すごく絵がうまいよね」

「茉莉もこういうの描いてるの？　パソコンで色塗ったりしてるじゃない？　茉莉、昔からこういうイラスト得意だったもんね」

「そう？」

「ホラ、卒業アルバムのクラス紹介のところに描いた絵、とってもうまかったわ。担任の先生の顔もすごく似てたし」

「いつの？」

「小学校の頃の」

「よく覚えてるね」

思い出し笑いをしている桔梗に茉莉は苦笑する。

「でも茉莉が熱中できるものあるの、いいと思うわよ。油絵とか、またやるの？　静物画とかは？」

「うーん、まあ気が向いたらね。もう、パソコンで色塗りだしたら、筆の感覚忘れちゃうよ」

「そういうものなの？　やっぱり茉莉は芸術系なのね。お裁縫も上手だし、お料理もよくやってくれるってお母さん言ってたわよ。今日のおでんもおいしかったしね」

「ありがとう。何かリクエストがあったら言ってね」

「そうねー……。あ、でも最近寒くなってきたから、あんまりスーパーとか行っちゃダメよ。人ごみはよくないってお医者さん言ってたもの。風邪うつされたら大変よ」

「……スーパーは人ごみじゃないよ」

茉莉は口端を上げたまま眉を下げる。けれど桔梗の方は真面目な顔でダメよと繰り返した。

「お風呂、空いたからどうぞ。ゆっくり温まるのよ」

「うん、ありがとう」

桔梗が部屋を出る。茉莉はしばらく閉じられた扉を見つめてから、足元に積まれた少女漫画を見据えた。オリジナルで漫画が描けるようになれば自分で稼げるかもしれない。そうしたら桔梗は喜んでくれるだろう。両親もすごいと言ってくれるだろう。

茉莉は机に座ると、急《せ》きたてられるようにペンを動かしていった。


そうして年の瀬も押し迫った頃、茉莉は月野に連れられて出版社へと向かった。月野が自分の担当を紹介してくれて、まだ茉莉と同い歳くらいの編集者は快く原稿を受け取ってくれた。

月野はオリジナルを描くことの大変さを知っているからか、出版社を出てから茉莉を労《ねぎら》った。

「いやー、おつかれ！」

「おつかれさまでしたぁ」

「てか、ごめんねーマツリちゃん。私、ネーム見てあげるなんて言いながら、あんまり時間なくてロクにアドバイスできなくて」

「いいですよ、締め切り大変そうだったし。それに月野さんのアドバイスって、やっぱプロの目、って感じでいろいろ参考になりましたから」

「ホントにー？　そう言ってもらえるとよかったけど」

入った喫茶店でコートを脱いだ月野は相変わらず大きく胸元が開いたセーターから大きな胸の谷間を覗かせて、気さくな顔で笑う。

「でもホント、頑張ったね、マツリちゃん」

「そうかな……」

「うん。それより、体の方は大丈夫だった？　徹夜とかしまくって無理してない？」

「大丈夫です。暇人ですから。あ、でも昼夜逆転しちゃったかな」

「じゃあ今日からはちゃんと寝なさい！　次のイベント楽しめなくなっちゃうよ」

「はーい」

月野には持病があることは伝えてある。だからとても気を遣ってくれるし、さりげなく手を貸してくれる。茉莉は月野がとても好きだった。本名も曖昧な彼女が何年も付き合ってきた学生時代の友人よりも、とても好きだった。

学生時代の友人を思い出す時、茉莉はいつも心に陰鬱なものがよぎる。

『茉莉、頑張って』

そんな言葉をかけてくれた、優しい友人たち。けれど、その何が茉莉を元気にしただろうか。茉莉が彼女たちからもらったのは、お見舞いの花とケーキと、敗北感。それは次第に徒労感に変わり、女特有の嫉妬に落ちた。

確かに友人たちが大好きだったはずだ。短大時代を共に過ごした仲間なのだから当たり前だ。

けれど病人になったのは茉莉だけだった。

病室で繰り返し聞かされた旅行やデパートのセールの話、お洒落なカフェができたとか、彼氏が冷たくてぇーだとか、そんな話が茉莉の中を端から汚していった。嫉妬は体中を蛇《へび》のように這《は》う。そして少しずつ心を縛り上げるのだ。締め上げられると茉莉はいつも叫び出しそうになった。

息が詰まるほどの嫉妬が治まった後は、決まって自己嫌悪に陥る。そしてそのたびによく発作を起こした。発作のたびにこのまま殺して欲しいと願った。死にたいと思ったのは、告知をされた時じゃない。汚れていく自分に耐えられなくなった時だ。

「マツリちゃん」

「はい？」

「……いい結果が出るといいね」

ティースカッシュをストローでくるり回しながら頰杖をついた月野がニコリと笑った。

この人はいい人だなと思う。優しくてとても温かくて面倒見がいい。茉莉はそんな彼女に友情を感じた。

年が明け、日常が落ち着いてきた頃、編集者から携帯電話に連絡があった。短いけれど快活な話し方をする彼の声は、正しい日本語をきれいに使いながら茉莉の漫画は市場では使い物にならないと言った。美しい日本語というのはとても遠回しに核心をつくものだと、茉莉は電話口で同じように快活に返事をしながら思った。

電話を切った時に飲み込めたのは、自分の漫画は絵に個性がなく、話はありふれていて、明快に言えば面白くないのだということだった。極限まで上がっていた期待が一瞬で叩き落とされ無残に潰れた。

わたしの人生挫折ばかりだとクッションの山に体を投げ出した。すると自然に大粒の涙が溢れてくる。潰された期待は絶望に変わった。

欲しかったのは『君は大丈夫』という第三者の言葉だ。家族や友人じゃない、社会ときちんと繋がっている第三者の言葉。

『君は大丈夫』と言って、そちらへ引っ張り込んで欲しかった。

欲しかったのは、胸を張ってわたしはここにいるんだと社会に叫べる場所。路肩で車の流れを眺めているんじゃなく、路上に出てみたかった。一度でいいから中に入ってみたかった。

ヨコシマな気持ちとバカみたいな見栄で漫画を描いていた自分に気付くと、嗚咽《おえつ》は止まらなくなった。

ここにいるのに。ちゃんとここにいるのに。

たまらなくなってクッションをひとつ放り投げる。テーブルの上の空のペットボトルが虚しい音を立てて床に転がった。

翌日、速達で送り返された原稿を、茉莉は泣きながら破り捨てた。物に当たっても少しの解決にもならなくて、ゴミが散乱した部屋が余計心を虚しくさせた。


誰かと同じじゃイヤダなんていつか言っていたけれど、今はみんなと同じじゃなきゃ不安でたまらない。違うならば強くなりたい。みんなと違う道を堂々と歩ける人になりたい。

強くなりたい。

強くなりたい。

心が固まっちゃうくらい、強くなりたい。

5

茉莉は燃え尽き症候群のようにぱたりとペンを執らなくなった。

アニメを見ていてもなんとなく上の空で、また何を食べてもおいしくないし、朝起きれば今日は何をしようかとぼんやり考え、することが浮かばないといつまでも布団の中で惰眠を貪っていた。砂時計は確実に落ちているというのに、一日一日をだらしなく無駄に過ごしていた。

ゴールデンウィークに入り、珍しく短大時代の友人からメールがあり、飲み会に誘われた。友人たちの中でも最初に結婚した美弥《みや》が夫婦で居酒屋を始めたというので、仲間が集まることになったのだ。

「茉莉！　元気だった⁉」

オールドアメリカンの雰囲気で統一された店に入ると、一角に集まっていた見覚えのある彼女たちが両方の手を大きく振って迎えてくれる。市松模様の床、紫の壁紙、白いテーブルにカラフルなアクリルのチェアが並べられている内装は、いつか観た奇怪なアメリカの映画の世界をおもわせた。食事をする気が萎えそうだなと思いながらも、桔梗に持たされた高級チョコレートをヒョロリと背ばかり高くて肉付きの悪い夫に渡して、みんなの輪の中に入る。結婚式の時、人の旦那さまを捕まえて「うーん、今流行のキモカワイイ系？」と言って爆笑した連中だ。

「茉莉、久しぶり！」

「久しぶりだねー。会いたかったよ」

「わたしも！」

「ごめんね、なかなか遊んであげられなくて。仕事終わってから誘うと夜遅くなっちゃうしさ。おとーさんとか心配するでしょ？」

「そんなことないよー。かなり放任だから」

誰が遊んで欲しいと頼んだ。わたしはガキかと茉莉は心の中で毒づいた。

「茉莉、何飲む？　あ、お酒ダメなんだよね」

「いやー、でも茉莉が元気になってよかったよね」

「茉莉、いっぱい食べてってね！　亮《りょう》くんのご飯、元気出るよ～」

「ありがと」

いやその前にこの内装でげんなりだ。壁紙はスタンダードにした方がよかったんじゃないのかと、大きなお世話ながら思った。

「美弥、亮さん、オープンおめでとうございます！」

円形のテーブルに、カクテルと烏龍茶が並べられた。水色、赤、ゴールド、茶色のグラスが重なる。華やかな色合いも華奢《きゃしゃ》なグラスの風合いも纏っている服装と同じだった。最近ファッション雑誌をチェックしていなかったわたしの服装は茶色く地味で寸胴《ずんどう》のグラスくらい女性らしさのかけらもなかった。

乾杯がすんで料理が揃うと、あとは近況報告だ。未だにつるんでいる奈緒《なお》とサオリが中心になって話が進む。会社、彼氏、仕事、料理、彼氏、カクテル、リョウクンこれおいしいですぅ～、そんな会話がバターになりかけの虎みたいにぐるぐる回る。もはや茉莉の頭の中はバターだった。どろどろと溶けて焦げ始めている。食欲をそそるいい香りは過ぎ、鼻につく黒のにおいに変化していた。

会社の話も彼氏の話も、茉莉にはできない。手持ち無沙汰をごまかすために端から手をつけた料理は脂っこくて体に悪そうなものばかりだし、塩分の摂取制限が決められているので食べ過ぎてもよくない。3杯目の烏龍茶は冷房が効きすぎた体を余計冷やしてしまうけど、茉莉はそれを手から離せないでいた。

社会という場所との位置関係がリアルに浮き彫りになる。隣の芝生《しばふ》はものすごく青い。黄金の草原に見えるほどに。

「茉莉は毎日何してるの？」

酔いが回ってきた頃、奈緒が言い、一斉に注目を浴びると、茉莉はギクリとした。

「病院は？」

「うん、2ヶ月に1回通ってるよ」

「体調いいみたいでよかったよね」

「うん、今は安定してるから」

「ホント、よかったよ。茉莉が元気になってくれて」

彼女たちは茉莉が一番体調の悪かった時を知っている。集中治療室なんか初めて行っちゃったよ、と以前美弥が話していたことを茉莉は思い出した。

「ホントによかったよね。とにかくこうして気軽に外に出られるようになっただけでも、嬉しいよね」

「あたしもそう思うよ。茉莉が元気ないのは、やっぱヤだもんね」

「茉莉はお祭りっ子じゃないとさ。入学式のコンパの印象強かったもんね」

「そうそう！　みんなモジモジしてるのに茉莉だけガンガン料理に手つけるわ、端から声かけるわ」

「そうだっけ？」

「そうよ。極めつけは、カラオケ行きまーす！　とかいって、舞台でいきなりＫｉｎＫｉ　Ｋｉｄｓだもんね」

「しかもフリ完璧でさぁ～」

「そんなん言ったら、奈緒とサオリだってアユ熱唱してたじゃん」

「若かったよね」

「若かった、みんな若かった」

一斉に笑う。料理を運んできた美弥が言う。

「でもあの新歓コンパでわたし絶対茉莉と友達になりたいって思ったもん。この子といたら楽しいだろうなぁーって」

「あー、わたしも思った。速攻カラオケ誘ったもんね」

「行ったねー。カラオケ。24時間耐久みたいになってさ。他の子もいっぱい来て。あれ、楽しかったな」

「ねー。ホント茉莉といると飽きなかったよ」

「だからうん、茉莉が一緒に卒業できなかったのは本当につらかったな。でも元気になってよかった。ホントよかったよ」

サオリの言葉にしみじみと頷いて、それぞれにその時のことを思い出した。

体中に管やら機械やらを張り巡らせて、どうにか生きていたその時を思い出せば、ここにいられるだけで幸せなのかもしれないと思える。彼女たちが眩いばかりの日常を送っているとしても、それに何の異議を唱えられるだろう。

自分はどうしてこんなふうに羨むことしかできないのだろうと、茉莉は自己嫌悪に陥りながら烏龍茶を一口飲む。キンキンに冷えたそれがじわりと体に染み込んでいった。

「ありがとね」

精一杯笑った。優しさに満たされると同時に己の汚れに気付く。

もうあの頃のように誰彼構わず話しかけられる自分はいない。率先して盛り上げられる度胸もテンションもない。またひとつ黒く大きな染みができた。

「そうそう、カラオケっていえばさ、こないだ上司に誘われたんだけど、超ヤバくて。デュエットってなんだって感じ？　これセクハラで訴えてもいいと思う？」

「ああ、あるよねー。なんか無理矢理こっちとわかり合おうとするオヤジ。ウザー」

「そういう時はここで飲んでよね。強いお酒も取り揃えておきますんで。あと彼氏とも来てよ」

「うんうん、来る来る。絶対喜ぶよー。ちょくちょく来るからね」

「わたし会社の先輩連れて来るわ。かなり狙ってるの。おいしいもの頼むよ、美弥」

「了解！」

茉莉はまた入り込めなくなった会話に、手持ち無沙汰の手を膝の上でぎゅっと握り締めた。

今夜はご馳走《ちそう》さまでした、楽しかったよ、なんて文字だけのメールを美弥へ送ると彼女から電話がかかってきた。美弥は、料理はおいしかった？　だとか、体の調子はどう？　とか、別れ際と同じようなことを聞いて、茉莉も別れ際と同じ言葉を返した。

「でね、亮くんとも話したんだけど、改めて3人で飲まない？」

「え？　うん、いいけど……」

「亮くんが、茉莉にぜひ紹介したいって人がいるんだって。その話がしたいからって」

ザワッと、一瞬だけど体中が期待で包まれたのはまだ女だという証拠だろうか。同時に病棟で泣きじゃくっていた礼子の夫が脳裏に浮かぶ。

「でも……いいよ」

「だめだよ、茉莉。って、強引に会わせたりしないからさ。とりあえず飲もうよ」

「飲もう飲もう！　付き合って、茉莉ちゃ〜ん」

受話器の向こうから亮の声がして、茉莉は仕方なく了解した。

病院にいる間に、もう二度と誰も好きになることはないのだろうと茉莉は感じていた。10年後に死ぬ女を誰が愛してくれるだろう。それを承知で愛してくれた人がいたとして、その人を置いていくことを想像しただけで茉莉はゾッとした。それはつまり、死を恐れてしまうことだからだ。

電話を切った後、心の振り子は未知の恋と冴えた現実との間をゆらゆらと揺れた。まだ恋もしていないのにバカみたいと思いながら、恋をしちゃいけないと、恋がしたいとの間をまた揺れる。

茉莉は今、死が怖くない。

楽しいことはあるけれど心の充足はいつも不安定で、見ないふりをして核心から逃げてばかりいる。この状況から決別するために死が必要ならばそれでいいと簡単に思えた。もちろん家族を悲しませることはつらい。言い尽くせないほどの罪悪感に苛まれる。それでも、外れてしまった社会との関係は居心地が悪くてたまらないのだ。

恋なんかしない。幸せを望んだら今の自分が不幸みたいじゃないか。

それでも振り子は揺れる。不協和音の耳元に、恋という音色はとてつもなく澄んで聞こえた。

病気になる前の自分がやたらと輝いて見える。思い出の中にいるわたしは、何でもできる子だったみたい。

本当はただの弱虫だったくせに。桔梗ちゃんと比べられるのが怖くて、違うキャラを演じているうちにウケがよかったものを選ぶようになっていた。だからわたしは祭

り。おしとやかな桔梗ちゃんと正反対の賑わい。悲しくても笑った。悔しくても笑った。余命10年だって笑い飛ばしてやった。

神さまにはあらがえないとわかってる。

羨むなんてバカみたい。

そしたらやっぱり笑うしかないのかな。

6

美弥から次に連絡があったのは、夏のイベントが終わった頃だった。

夏のイベントに出す同人誌をなんとか描き上げ、コスプレを楽しんだりもした。けれどいつもどこかで美弥の言葉が小骨のように引っかかっていて、目の端に映るもののように気になっていた。

茉莉は25歳になった。ハタチで発病したのであと5年かと、茉莉は自分の命の期限を思った。

あと5年。それは、何かを始めるにはとても短くて、何かを終わらせてしまうにはとても長い、そんな残り時間だった。

美弥たちの店が休みの夜、亮のオススメというバーに誘われた。

「ごめんねぇ、茉莉。オープンしたてでまだ慣れないことが多くて忙しくて忙しくて」

「わたしはいつでも平気だから」

「あんなこと言っちゃったから、ずっと気になってたでしょ。亮くんとわたしもずっと気にしてたの。茉莉が待ってるだろうから早くしなきゃって」

黒人のラップがエンドレスでかかる薄暗い照明の店だった。さっそく気に障る発言が聞こえたけれど受け流してテーブルに届いたドリンクで乾杯をした。

夫のいる美弥に対して卑屈にならないよう、服を買った。この夏流行のレースのキャミソールとピンヒールのサンダル。マニキュアもペディキュアもしっかり塗った。髪も綺麗に巻いて、お化粧も夏らしいパールのアイシャドウを選んだ。

家を出る時は確かに完璧だったはずなのに、電車に乗って、街を歩いて、美弥に会った途端、すべてが色褪《あ》せてしまった。

店の話やふたりの馴れ初めの話が延々と続いた。美弥の長いのろけ話にうんざりしていると店員が空いた皿やコップを下げ、追加のドリンクのオーダーを取っていった。話を中断されてやっと思い出したように茉莉の話に話題が移った。

「それでさ、紹介したいヤツがいるんだけど、今、茉莉ちゃんはフリーなんだよね」

「ええ、まあ……」

「茉莉、最後の彼氏と別れてどれくらい経つ？」

それは最後にHしてからどれくらい経つかって意味かと、心の中で毒づく。そんなに欲求不満な顔をしてるだろうかと鏡を覗きたくなった。

「えっと……ハタチの春かな。夏には病院だったし……」

「あーそうそう！　春にお花見行った時にはいたもんねー。ホラ、亮くん覚えてる？」

「……なんとなく……。あんま気が合わなかったような……」

「そうそう。音楽の趣味が違うって、帰りに亮くん言ってたよね」

「思い出したッ！　全然話が合わなかったヤツ、いたいた。あれは、……5年くらいか」

亮は無遠慮に指折り数えていく。ちょっと気の毒そうに眉頭を動かした。茉莉は更にムカッときた。

「すみませーん、烏龍茶くださーい」

店員を捕まえてオーダーする。あまり得意じゃない炭酸を無理矢理飲んでいた自分がバカらしくなった。ただ色が綺麗なだけで傍《はた》から見ればモスコミュールに見えないかなんて、見栄を張った自分が我ながら情けなかった。

「で、紹介したいヤツってのは、オレの大学の後輩なんだけどね。ウチの店の内装の設計やってくれたヤツなんだけど」

「茉莉と短大の頃通《かよ》った、あのクラブのイメージなんだ。いつか自分でお店持てたら絶対あんなお店にしようって決めてたの」

「そう」

美弥は夢を叶えていたわけだ。あの空間が食堂には向いていない装飾だとしても、彼女にとってはあの頃の夢を勝ち得たことだったんだとわかると、虚しさは唐突にやってくる。ラップの重低音が足の裏から響いてくる。テーブルに置かれた烏龍茶に口をつけると、敗北の味がした。

「安藤さんっていう人なの。亮くんより2つ下だから、29歳。設計事務所に勤めててね、話してもすごく明るくていい人よ。わたしのワガママも全部聞いてくれたし。一度飲みに行こうよ。それか、ウチの店で会わない？」

「えっと……」

話が具体化してしまうと、途端に答えに詰まってしまった。

以前はフワフワした感触をしていた「恋」が、爪で触れただけでひんやりと硬く感じられたからだ。弾かれた指先を、引っ込めてしまう。まだ会ったこともない、美弥の声で紡《つむ》がれただけの『安藤さん』が、茉莉の心を縛り上げた。一気に思考が5年後まで吹っ飛んで、その時どんな淋しさにさいなまれるかという想像が脳裏をよぎる。

テーブルの下で組んでいた脚を、戻す。烏龍茶を一口、口に含んだ。

「すげーいいヤツなんだけどね、ちょっと心臓に障害があるんだ」

「え？　障害？」

思わず訊き返してしまう。喉を通る烏龍茶が苦さを増して舌の上に残った。亮は春巻きに箸を運ぶ。美弥は亮の飲みかけのビールをゴクリと飲む。サクッと小気味いい音を鳴らしながら、亮は続けた。

「子供の頃から、心臓？……悪いみたいで。あんま運動とかはできないんだけどさ。ほら、でも茉莉ちゃんも体悪いんだよね？　だからお互い気が合うかなって思ってさ。普通の女の子だと、ちょっと遠慮？……とかしちゃうかもしれないけどさ、すげーい い後輩なんだよ。仕事も真面目だし、性格も、体悪いのに全然卑屈じゃなくてさ。でもそーゆーつらさ、みたいのオレたちにはあんまわかんねーじゃん？　茉莉ちゃんとだったら、そーゆー弱いところも一緒に励まし合ったりとか？……できると思うんだ」

流れる音楽に合わせるようなテンポで話す亮は、イチイチ語尾を上げてそのたびに眉頭を少しひそめてくしゃくしゃと春巻きを咀嚼した。

目の前で友達がこんなことを言われているのに、美弥は飲み干してしまった亮のジョッキを気にして、軽く手を上げると向こうの店員に「ビールお願いしまぁす」と叫んでいる。

その時茉莉に燈《とも》されたのは、怒りだった。冷房が効きすぎていたから素足はすっかり冷え切っていたはずなのに、体中の血液が一気に沸騰したみたいに、爪先から熱を持った。

「ね、茉莉。いいと思わない？　安藤さん」

飲みかけの烏龍茶をグラスごと投げつけてやりたい衝動を堪《こら》えるために、茉莉はまた足を組んだ。それでもあり余る怒りを抑えつけるために腕を組んだ。

テーブルをひっくり返してヒールで蹴り飛ばせたらどんなにスッキリするだろうと、頭の中でシミュレーションしてみる。永遠に美弥とは顔を合わせられないだろう。短大時代の楽しかった思い出を語り合える仲間を失う。体いっぱいで自由を謳歌《おうか》していた頃の思い出たちも失ってしまうのかもしれない。

確かにあった人生の眩い時間はもう取り戻せない分貴くて……切なくなる。

「そうだね。でもわたし、今はあんまり考えられないかな」

「そんな引っ込み思案じゃ彼氏できないままだよ」

「わかってるよ」

茉莉が肩をすくめて笑うと、美弥はむうっと口をとがらせた。隣の亮は冷えたビールに口をつけた後、明日の天気を尋ねるような顔をして訊いた。

「それはさ、自分が病気だから勇気が出ないってこと？」

「え？　そうなの？　茉莉」

「そうじゃないよ。ただそういう気分じゃないだけ」

病魔の鎖の締め付けが強さを増す。皮膚に喰い込んで引きちぎらんばかりの強さで全身を締め上げる。苦痛で顔が歪《ゆが》みそうになるほど、茉莉は清々《すがすが》しく笑った。

「……ごめんね。でも、ありがとう。そういう気持ちになれたら、今度はわたしからお願いするよ。あ、美弥、グラス空いてるよ。何か頼みなよ。料理ももう少し頼もうか？」

美弥はムスッとしていた。茉莉が手洗いに立つと、亮が地団駄を踏む美弥をなだめているのが見えた。しょうがないよ、茉莉ちゃんは病人なんだから。そんな言葉を紡ぐ亮の口元に背を向けて、茉莉は誰もいない個室で唇を強く噛んだ。

込み上げる涙を深呼吸と一緒に飲み下すと、ストレスが鉛みたいにズシンとお腹のあたりに落ちてきた。

怒鳴る勇気もない臆病者。子供の頃からどんな場面に当たっても、結局、怒りも涙も笑って飲み下してしまう。何をしなくとも自然と人に好かれる姉と自分は違う。だから茉莉はいつも笑うことを選んできた。嫌われないようにと注意をはらっているうちに、保守的な立ち回りしかできなくなった。

個室を出て洗面所の鏡に自分を映すと、綺麗に口紅を塗り直してもう一度呼吸を整えた。

それからまた、2人のお店の話や近況を延々と聞いて店を出た。まだ熱した街を明日も暑いのかななんて言って3人で歩き、駅のホームで別れた。

茉莉は笑った。笑顔は最大の防御。嫌われないように。本当の自分を知られないように。

自宅のある駅に降りると、茉莉は真っ直ぐ家路にはつかなかった。ジワジワと込み上げてくる怒りの矛先《ほこさき》を、誰かに向けてしまわぬうちに処理しないといけなかった。駅前商店街の角にある居酒屋に入ると迷わずビールを頼んだ。久しぶりに飲んだビールは、嫌だった苦味よりも断然瑞々《みずみず》しさが勝っていて渇いた喉を心地よく潤してくれた。

ここではもう他人にどう見られても構わなかったし、どこの席もこの時間になれば出来上がった酔っ払いしかいないから、誰も茉莉を見たりしない。

肺の負担を一番食らっている心臓に負担をかけないよう、食事制限は厳しかった。家でも外食でも、茉莉はさりげなくだけれど、厳しく自分を律してきた。けれど今は気にせずに好きなものを頼み、端から箸をつけていく。久しぶりに思う存分の食事をしている気がした。『好きなものを好きなだけ好きに食べる』。ストレス解消の方法がこれしか浮かばなかった自分を嘲笑しながら、テーブルいっぱいの料理を頬張った。

揚げ出し豆腐を口に含んだ瞬間、苦酸っぱいものが喉の奥から迫り上がってきた。

ざわつくテーブルの合間を駆け抜けてトイレに滑り込むと、そのまま一気に胃の内容物を嘔吐《おうと》した。心臓が張り裂けそうなほど鼓動を上げ、前後不覚に陥っていく。ぐちゃぐちゃだった。涙と鼻水と汚物が一緒に溢れ出して、茉莉は嗚咽を漏らしながら便器を抱え込んだ。

吐くものがなくなってもすぐには立ち上がれず、便器を抱えたままぐったりとうなだれていた。買ったばかりのスカートがトイレの床についている。爪先から離れたサンダルが無残に転がっている。

見上げるとトイレの明かりがぼんやりかすんで見えた。まだ熱い涙の粒がポロポロと頬を伝い落ちる。やっと見つけた泣ける場所が居酒屋のトイレだなんてあんまりだ。気持ち悪い口元を手の甲で拭うと、声を上げて泣いた。あんあんと子供みたいな泣き声が狭いトイレに響く。脚をパンパンに疲れさせたヒールが憎くて、もう片方も投げ飛ばした。

惨めに押し潰された女は、ゲロより汚かった。


翌日、茉莉は少し髪を切って、軽く梳《す》いてもらった。その足で大きな生地専門店へ入り、欲しかった色の布を欲しいだけ買った。それから大きな画材店でペン先やスクリーントーンを購入し、残ったお金でシルバーのピアスをひとつ買った。ゆらゆらと耳元で揺れる形は、軽くなった髪によく映えた。

家に戻ると、誰もいない居間に思い切り布を広げ、月野からもらったコスプレ衣装の型紙を黙々と取り、布を裁断した。それだけで一日が終わってしまったけれど昨日の惨めさはかなり払拭《ふっしょく》された気がした。

いじめられた翌日は徹底的に自分を甘やかす。欲しいものを買い、集中できる作業をする。そうして裁断まで終われば、目に見えて形になった衣装が胸を躍らせてくれる。ワクワクした気持ちで潰れた心は再生できる。

茉莉は衣装の布を肩に当てて鏡を見ると、満足げに笑った。

恋なんかしない。期待しない。ドラマじゃない本物の人生を歩まなければならない覚悟を忘れてはダメ。

死ぬことは怖くなかった。だって何が起きても確実にわたしは死に至る。
わたしは死ぬ。
それだけは決まっているんだから、安心して。

7

25歳、中間地点の冬。

周りは慌しく変化していた。クリスマスが過ぎ、年が開け、バレンタイン間近になると、連動するように周囲は結婚へ動き出した。

来るべき時が来たなという感じだ。最も恐れていたけれど、避けては通れない道。ここからは一斉に結婚レースの始まりだ。一足お先に一等賞をかっさらっている美弥はそんな様子を楽しそうに眺めていた。その笑顔は余裕の一言に尽きる。

結婚、妊娠、そんなキーワードが周りに散乱していた。学生時代、茉莉は深くも浅くも人付き合いが上手だった。そのおかげで落ちてくる爆弾の数は半端じゃない。幸福な自分を見てもらいたい連中がひっきりなしにメールやらハガキやらをよこす。高校時代の友人から来たおめでたいハガキを床の上に投げ出すと、自分の身も一緒に投げ出した。

代わり映えのしない天井をぼんやり眺めながら、今までの恋歴を思い出す。淡白な人生と同じ、面白みのない、興味をそそらないストーリーの螺旋《らせん》ばかりが浮かんだ。

「結婚か……」

礼子が発病したのは結婚も出産も終えた30に近い頃だ。発病前に子供も産めたのだからある意味ラッキーだっただろう。女として最良の瞬間はちゃんと味わっているのだから。

結婚や子供を産むこと以外、女にとって揺るぎない幸せってないんだろうか。着実に年齢は重ねていても、社会を少しも知らない茉莉には「揺るぎないもの」の選択肢さえ浮かばない。

控えめなノックがして、返事を返すと桔梗が部屋へ入って来た。

黒のタートルネックにジーンズなんてラフな格好をしていても、桔梗には華がある。

「茉莉、ちょっといいかな」

「ん、どーぞ」

本物の美人は30を過ぎて本当に美しくなる。内面に蓄積してきた教養と経験が外見まで行き渡り、メイクから服装まですべてが落ち着いてくる。手入れが上手なので、白い肌にはシミひとつないし髪は毛先まで艶やかで20代の頃よりもっと綺麗になっている。桔梗は多分、美しいおばあさんになるのだと茉莉は思った。

桔梗の話は、床に投げ出されたハガキと同じ内容だった。

桔梗が結婚する。

高林家の大騒動の始まりだ。

桔梗にはもちろん恋人がいる。彼、鈴丘は紳士でデキた大人だ。お見舞いに来てくれる時には茉莉の好きそうなCDを買ってきてくれたり、病室で使うスリッパを季節ごとに贈ってくれた。

遺伝性の病気だとわかった時、桔梗は茉莉にだけ発症したことを、まるで自身に非があったかのように激しく落ち込んでいた。桔梗に非があるなんて考えもしない茉莉にとって、自虐的な思考に囚われている桔梗の暗さはストレスだった。だから、この世の終わりみたいな顔をしていた姉を常に支えてくれた鈴丘には密かに感謝している。

姉の結婚準備は着々と進んでいった。鈴丘の転勤が決まっていたから早く進めなければならなかった。4月から群馬に転勤するので、ふたりは急遽《きゅうきょ》結婚を決めたのだ。目の前でウェディングドレスの試着を繰り返している桔梗を眺めながら、茉莉は微笑んだ。桔梗の結婚が決まってから、茉莉は以前よりよく笑うようになっていた。

「茉莉、これどうかな。さっきの方がよかった？」

ふわふわの純白ドレスを纏いながら桔梗が困ったように言う。

「かわいいよ。全部似合う。いっそ、全部着れば？」

「ええ？　もう、ちゃんと選んでよ」

「桔梗ちゃんが好きなのにすればいいよ」

「だめ。わたしは茉莉に選んで欲しいの。ホラ、しっかり見て」

「……うん」

5枚目のドレスの試着をしているところに鈴丘がやってきた。引き継ぎなどで忙しく、式の準備はほとんど桔梗が仕切っていた。

「茉莉ちゃん、こんにちは」

「あ、鈴丘さん。休日出勤お疲れ様でした。今、桔梗ちゃん試着室です」

絨毯《じゅうたん》が敷き詰められた衣装屋の広いホールには、ドレスと鏡と花嫁さんがあちらこちらに散らばって混み合っていた。

ソファーの隣に座った鈴丘と、引き継ぎはもう少しで終わるとか、そうしたら自分も式の準備を手伝えるとか、そんな話をした。会話の中で鈴丘は茉莉たちの母が来ていないことをさりげなく確かめてから戸惑ったように訊いてきた。

「茉莉ちゃん。桔梗のこと連れてっちゃって、大丈夫かな」

「え？」

「転勤が決まって、桔梗にも来てもらいたいって思ったんだけど……寂しくないかい？」

「桔梗ちゃんが行かなかったら、鈴丘さんは寂しいんでしょ」

「それはもちろん」

「じゃあ、いいじゃないですか。桔梗ちゃんだって寂しいよ」

「でも、家族が離れるのも寂しいものだろ？」

鈴丘は真っ直ぐに見つめて言う。向こうに見える若い男の子からはこんな質問が出ることはまずないだろう。女の子の言いなりにドレスの裾を直してはシャッターを切っている。我侭《わがまま》放題の女王様と従者みたいだ。

「寂しいですよ、とっても」

ハンサムな鈴丘の表情が曇った。

「でも大丈夫。群馬にはお父さんの親類もいるし、わたしたちには馴染みのある土地だから、桔梗ちゃんもうまくやってくれると思うよ。わたしももう25だよ。そんなに心配しないで」

鈴丘の心配はわかる。それ以上に桔梗が家族を置いていく気持ちになっていることも、本当は知っていた。

「わたしはもう、そんなに簡単に入院したりしないから。ちゃんと体のことは気をつけられるから平気だよ。もうずっと調子いいんだから、大丈夫」

ここで不幸な話は似合わない。パーフェクトに幸せな人たちだけの場所を汚したくなかった。

茉莉が笑むと、鈴丘も小さく笑った。

「ありがとう、茉莉ちゃん」

「いーえ、オニイサン」

「うわ、それいいね。おにいさん」

「でも桔梗ちゃんにもお姉ちゃんって言ったことないから、恥ずかしいな」

「おにいさんがいいな、俺」

「あ、聡。会社の方、終わったの？」

更衣室から桔梗が出てくると、周りの空気がふわっと変わる。一瞬で他のお嫁さんたちが霞《かす》んでしまう。従者の男の子も隠そうともせず桔梗に見惚れていた。

鏡の前に桔梗と鈴丘が並ぶのを、茉莉はソファーに座ったまま眺めた。誇らしい幸福と慈愛に満ちていく。桔梗がいなくなることへの寂しさも不安も胸にとどめながら、シャッターを切った。


そうして桜の咲く頃、桔梗はお嫁に行った。

茉莉は愛する姉へ感謝を込めて、ベールと桔梗色の髪飾りを作った。レースにパールのビーズを手縫いでつけたベールをかけた姉は、誇らしくなるほど美しくて、泣きたいくらいいいとおしかった。

心は穏やかで、春風は気持ちよく、花嫁は一点の曇りもなく美しい。茉莉は心から幸せを感じていた。

式は無事に終わり、参列者たちの見送りも一段落したので茉莉は式場の化粧室へ向かった。入口の扉を開けようとしたその時、聞き覚えのある群馬の叔母たちの声に手が止まった。

「茉莉はどうなるのかしらね」

自分の名前が挙がった手前、扉を開けるのがためらわれた。

「桔梗はこれで一段落だけど、茉莉はねぇ」

「母さんの病気が、まさか茉莉に遺伝するとはね」

「息子たちも一応検診させてるわよ。なかなか早期発見は難しいみたいだけど……これ以上病人が出ないで欲しいわね」

「わたしも娘を病院に行かせてるわ。茉莉みたいになったら困るもの。……母さん、苦しんで亡くなったものね……。子どもの頃のことだけどいまだにはっきり覚えてるわ」

「それでも、母さんくらい発症が遅ければ、結婚も望めたかもしれないけど……兄さんもつらいわね」

扉のノブを持った手がするりと外れ、茉莉はその場から音を立てずに去った。

「茉莉、帰るよ」

つらい兄さんと呼ばれた父は晴れやかに笑っていた。大事な娘の結婚を何よりも誇らしそうにしていた父。周りの人にせかせかと頭を下げていた母も、今は解放されたように清々しく微笑んでいた。

幸せな家族だった。だから、そこに一点の曇りもあってはならなかった。

茉莉は笑う。

「さぁ、帰ろう！　なんだかお腹すいちゃったね！」

駐車場の桜の花が、風に舞い上がった。薄紅の花吹雪に家族の気持ちはまた満たされていった。

桔梗は聡と一緒に群馬へ引っ越して行った。

食卓にできた空席で、桔梗はこの家に毎日帰ってこない人になったのだと痛感する。それはとても寂しく、そして心細くもあった。

桔梗という華を失ったそこを埋めるように、茉莉は以前よりよく喋るようになったし、テレビを見てお腹を抱えて笑うようになった。両親が桔梗の不在を寂しがらないように努めた。

茉莉は食卓につくたびに不安になった。背後に嫌な影が立ったような緊張感をいつも感じた。もうひとつ空席ができた時、この食卓は崩壊してしまうのではないかと想像するのが怖かった。

生きていてあげたいと思う。これ以上空席を出さないために、ずっとここにいてあげたい。けれど茉莉は笑うために、桔梗のような幸せを諦めることを選んだ。しがみついて叶わなくて泣きわめくより、諦めて切り捨てて笑って過ごす方が自分らしい生き方だと知っているから。

生きてあげたい。けれど死を捨てることもできない。死はすべてを終わりにしてくれる唯一の術だから。なんという選択肢なのだろうと、茉莉は運命を恨んだ。

ガタガタとミシンを動かし新しい衣装を作りながら、思考は二者選択を揺れている。けれど結局辿《たど》り着くのは余命宣告をした医師の声。それがピリオド。

入院していた2年間は二度と繰り返したくないほど壮絶だった。検査も投薬も手術もすべてが叫び出しそうなくらいつらかった。けれど今まで生きていた中で一番頑張った。頑張れと言ってくる人に、これ以上何を頑張ればいいのと訊けるくらい、頑張ったと胸を張れる。それでも病気の進行は食い止められず、余命は変わらなかった。

すべてをやりつくした瞬間、茉莉は燃え尽きてしまったのだ。戦場で白旗を揚げるまでもなく勝手に終結してしまったような虚無感だけが残った。

諦めないとしがみついていたものが、するりと指先から離れていくあの感覚は絶望とか言うのだろう。そして大きく息を吐いた瞬間、頑張れる勇気はもう空っぽになっていた。

この世にはどうにもならないことがある。頑張っても頑張ってもけっして覆《くつがえ》せないことがある。それはきっと神さまが決めた宿命なのだろう。誰を親にして生まれてくるかを選べないような、絶対の定義。

それを悟った時、諦めを知った。諦めることが唯一の救いだった。

「……ぅ……っ……」

ポタン、と大きな染みが布に広がる。

慌ててミシンを止めて染みを拭うけれど、もう一粒涙が零《こぼ》れ落ちて大きな染みができた。真紅の生地に黒い染み。頬を伝う雫《しずく》がまた落ちる。

茉莉はほつれる糸を引きちぎると、完成間近の衣装を床の上に叩きつけた。

椅子に座ったまま、ひとりぼっちの部屋で茉莉は声を上げて泣いた。毎日蓄積されていく不安と選びようもない選択肢にほとほと心が疲れきって、癒えることのない不安を嘆いて泣いた。


わたしは何のために生きて、何のために死ぬのだろう。

どうしてわたしだったんだろう。逃げ道のないここは狭い檻の中みたいだ。どこへ

行ってても結局壁にぶつかる。
過去は変えられない。でも未来さえ変えられない。
死ぬことは怖い。
でも生きることも怖い。
人生を選ぶこともできない。

8

掃除機のモーター音が止まると、原稿や衣装作りに追われて散らかっていた部屋にはいつもの静寂が戻ってきた。片付いた部屋を見渡して茉莉はふうっと息を吐く。開け放たれた窓から入り込んできた風もすがすがしく感じられた。固く絞ったぞうきんで丁寧に机を拭いていく。差し込んでくる日差しはさわやかでかろやかな初夏を思わせる。拭いた先から天板の光沢が日差しに反射してきらきら光る。心に鬱積していた暗い気持ちも一掃されていくようだった。

鼻先に甘い花の香りを感じる。そういえば近所の庭のモクレンが咲き出したのを見た。もう満開になったのかもしれない。毎年その庭のモクレンが咲くのを楽しみにしていた桔梗に写真を撮って送ってあげようと思った。

結局コスプレ衣装を仕上げ、原稿も仕上げた。いつものようにイベントに参加して沙苗や月野と賑やかな時間を過ごした。

不安に追われている生活を忘れるためには、夢中になれることにしがみつくしかなかった。生活を変えなければ何も変わらないのはわかっているけれど、何をどう変えたいのか、この先どうしていきたいのか、そんな展望は結局見つからなかった。宿命を嘆くより、目の前の楽しみを味わっている方がずっとラクだ。それを『逃げだ』と言う人もいるかもしれないけれど、どうしようもないことを嘆いて毎日を過ごすのならば逃げて笑って何が悪い、と開き直ることを選んだ。

桔梗の結婚式のアルバムを取り出して広げると、自然に笑みがこぼれる。

「これ持っていこう」

来週群馬へ行く時のためにと、机の上に置き、また拭き掃除に戻る。

アニメの主題歌を流しながら、掃除は進む。本棚の一番下の段に来た。ファイルやノートが並んでいるそこを片付けていると、懐かしいミニノートと再会した。

「わ、入院していた頃の日記だ」

キティちゃんのピンク色のノートを開くと、かすかに病室のにおいがした。めくっていくと、薬の名前や検査の概要など医大生のメモのようなページから一転、日記が始まった。掃除の手を止めてページをめくる。懐かしい戦友からの手紙のようだった。

あの白い壁の部屋の窓はほんの少ししか開かなかった。全部開いたら気持ちいいのになと考えたのは入院したての頃だけだ。ああこれは自殺防止のためなのだとわかった時、ものすごく気持ちが荒《すさ》んだ。自分という人間を否定されたようだった。あの細い隙間から入ってくる風は自由を奪われた窮屈の象徴だった。

顔を上げて窓を見上げてみる。清々《せいせい》と開け放たれた窓から入ってくる風は季節の息吹を目一杯含んで、髪先や頰をくすぐっていく。深く吸い込むと、淀《よど》みない味がした。切ないほどいとおしい気持ちが溢れて静かに瞼《まぶた》を閉じた。そこに闇はない。オレンジ色の光が瞼の中で息づいている。太陽の光は目を閉じたくらいじゃひるまずに、力強く人を温めてくれるのだ。あの部屋に太陽は差し込まなかった。いつだって薄暗く電灯が朝からつけっぱなしだった。

もう一度ノートに視線を落とした。

そこに綴《つづ》られている行き場のない不安や恐怖や絶望は、こんな些細《ささい》なことで拭われるようなことだった。

こんな些細なことが欲しくて欲しくて堪らなかったのだとわかると、愕然《がくぜん》として泣きたくなった。

太陽の光や風の匂いや空の眩しさ、誰かとのささやかな約束、心躍る喜びの糧、自由に動く体、居心地のいい空間、『ここ』にそろっているすべてが、この頃の茉莉には何一つなかった。それはきっと、『生きる』術を持っていなかったということ。

こんな小さなノートの中に自分を全部押し込めて生きているのは言葉以上に苦痛だっただろう。

茉莉はそこに座り込んだままあの頃の自分と向かい合った。

そんな中に礼子の名前を見つけた。

そういえば人に言えない気持ちは書いてみるといいと教えてくれたのは礼子だった。実は今も続けている。パソコンの横に並んでいる雑誌の間にひっそりとある緑色のノートを横目でチラリと見ながら、茉莉はページをめくった。

『わたしにとって、ありがとう、ごめんね、好きですって言いたい人は誰だろう』

病室の白い壁や心臓の音を刻む機械音。窓辺に置かれた黄色のひまわり。赤い算数ドリル。ベッドに寝ている礼子の横顔を思い出した。

礼子が残した後悔。彼女はそれを告げることなく、この世を去っていった。

ありがとう
ごめんね
好きです
あの時の彼女はもう外へ出ることは叶わなかった。それは茉莉にもいずれ来る『その時』だ。言えなかった後悔を病室で思い返すなんて絶対に嫌だ。

茉莉の中で急速に何かが動き出した。25年の人生を4倍速で振り返っていく。

走馬灯の中にその子を見つけ、茉莉は顔を上げた。ノートを閉じると本棚には戻さず、茉莉は開け放たれた窓から空を眺めて思い出す。

『新谷美幸《みゆき》』

それはまだ幼い、12歳の頃の罪。

電車を降り、改札を抜けると真新しいピンク色の車がロータリーにつけられていた。茉莉が手を振ると、中から新妻が明るい笑顔を携えて出てきた。

桔梗たちの新居はシンプルだけど2人らしいセンスのいい家具とかわいらしい小物で調《ととの》えられていた。そんなに広い部屋ではないけれど、その空間を見ただけで桔梗の幸せを実感させてくれた。

久々の再会のせいか珍しく桔梗がはしゃいでいる。いくら昔住んでいたことがある土地だからといってもやはり寂しかったのだろうなと茉莉の心に影がさした。しかし、近所のスーパーに入った途端「あ、桔梗！　今夜は何にするの？」「桔梗、もうすぐタイムセールはじまるよ」「あ、桔梗ちゃん、今日はいい鮮魚入ってるから鮮魚コーナー見ていって」「桔梗先輩、こんにちは！」など次々に声をかけられていく。

「桔梗ちゃん、友達もうできたの？」

「違うわよ、みんな昔の友達。高校までいたからね。小学校や中学校の同級生もみんな覚えていてくれたの。転校してからもずっと連絡取り合っていた子もいたしね」

「そっか……よかったね、昔住んでた場所に来られて」

「そうね。まったく知らない場所だったらちょっとホームシックだったかな」

桔梗はすっかり土地に馴染んでいるようだった。転校してからも連絡を取り合っていた友人がいたこともよかったのだろう。

茉莉は転校してから連絡を取った友人はいなかった。中学に入りたてで転校した茉莉には東京の生活に馴染むだけで精一杯だった。

(それに桔梗ちゃんは中学校でも高校でもアイドル的存在だったから、覚えてる人も多いんだろうな……)

桔梗に話しかけてくる人たちの友好的な様子を見て茉莉は素直に安堵できた。

「ほら、あそこ。覚えてるでしょ？」

「うわー、懐かしいね」

桔梗は家へ戻る途中、遠回りをして、以前住んでいた団地が見える坂の下で車を止めた。

「あんなに古かったっけ？」

「そりゃ、私たちが歳をとったってことよ」

「あ、そっか。でもわたし、東京で一戸建てに住めるって聞いて嬉しかったなぁ」

「そうね。昔は茉莉と2人でひとつの部屋だったもんね」

「高校生でそれってありえなくない？」

「んー、あんまり思わなかったよ。逆に引っ越してひとりの部屋になって寂しかったもの」

「あー、確かに。なんか桔梗ちゃん、よくわたしのベッドに潜り込んできてたよね。雷の日とか、近所で火事があったりとかすると必ず」

「わぁ、それ聡には言わないでね」

「ハイハイ」

2人は笑い合って車が走り出す。2人は確かにここで学生時代を過ごしていたのだ。だからこそ、思い出の端に、置き忘れた罪もある。

その夜。

「茉莉、明日はどこに行く？　お買い物でもしようか？」

「ごめん、わたし、小学校の友達と約束しちゃったんだ」

「あら、そうなの？　だあれ？」

「んー、桔梗ちゃんは多分覚えてないよ」

「そう？　あんまり無理しちゃダメよ。遅くなるなら迎えに行くから言いなさい」

「ん、ありがとう」

お風呂上がりの桔梗にそう言うと、茉莉はお客さま用の布団の上で手帳を開く。家中探してやっと見つけた小学校の卒業文集から書き留めてきた住所だ。

新谷美幸とは、小学校の3年生の頃、同じ班になったことがきっかけで仲良しになった。美幸もまた、沙苗と同じように絵を描くことが一番好きなもの同士で気が合った。5年生のクラス替えでも同じクラスになれた2人は筆箱をおそろいにするくらい仲が良くなっていた。

　両面開きの赤い筆箱だった。鉛筆だけじゃなく色鉛筆まで収納でき、鉛筆削りまで内蔵されている優れもの。ふたの内側には2人が大好きだった漫画の犬のキャラクターが描かれていた。文房具屋に毎日のように見に行った。欲しくて堪らなかったけれど両家とも両親が買ってくれなかった。あきらめられない2人はおこづかいをこつこつ貯めることにした。そんなことをしたのはこれが初めてのことだった。そうして数ヶ月かけて手に入れることができた。「ずっと大切につかおうね」「ずっとおそろいだよ」真新しい赤い筆箱を抱きしめた日のことを、茉莉は今もはっきりと覚えている。

　けれど2人の友情は、あまりにも脆《もろ》かった。

　美幸はスポーツも万能で、運動会のリレーでは女子のアンカーだった。追い越し追い越されという白熱した展開の中、美幸は2位を引き離し、独走していた。優勝が見えクラスは沸き立った。しかし男子のアンカーにバトンを渡す直前、美幸は派手に転倒した。今でも鮮明に覚えているほどの転び方だった。男子のアンカーは必死で頑張ったけれど、結局クラスは最下位になった。

　美幸はこの件で、集団シカトのターゲットに祀《まつ》り上げられたのだ。誰が仕切ったわけじゃないけれど、そういう時の連携は俊敏で、団結は絶対だ。教科書を隠したり掃除に協力的じゃなかったりと、好意的だったクラスメイトが手の平を返す瞬間を茉莉は目の当たりにした。エスカレートしていくシカトは、自動的にイジメに変わった。もうその時はひとりの力ではどうしようもなく、もし美幸を庇《かば》うようなことがあれば次はお前だという容赦ない沈黙の成約がクラス全体に浸透していた。

茉莉には歯向かう言葉も学級会で議題にする勇気もなかった。そうして、茉莉はおそろいだった筆箱を変えた。

休み時間にはいつも絵を描いていたのに外で遊ぶようになった。昼休みは永遠のように思え、嫌いな算数だって授業時間であれば安心だった。卒業までの5ヶ月、茉莉は息をせずじっと潜むようにそこにいた。あからさまに独りぼっちな美幸を遠くから眺めながら、けれど無関心を貫いて今まで喋ったこともない気の合わないグループの中で笑って過ごした。

中学では学区が離れたので美幸は茉莉が東京へ行ったことを知らないだろう。卒業式で誰からも写真を撮ろうとかアルバムにサインちょうだいとか言われなかった美幸がどうやって学校を去ったのか、茉莉はどうしても思い出せなかった。

美幸は最後までずっとあの赤い筆箱を使っていた。美幸のＳＯＳを無視し続けたことが、茉莉の罪だった。

意を決して美幸の実家の住所に向かうと、見覚えのある弟が顔を出した。向こうは少しも覚えていないようだった。

茉莉は小学校の頃の友達と告げるのに臆《おく》して、思わず中学の同級生なんだけどと話を始めた。子供の頃は美幸の後ろをニコニコしながらついて来ていた弟は面倒くさそうに、姉ちゃんは結婚してここにはいませんと答えた。彼には守秘義務などないらしく、住所を訊くとアッサリ答えた。

他人にそんなこと教えちゃダメだよと言ってあげた方がよかったかなと思いながら教えられた住所へ向かう。何度かすれ違う人に尋ねながらその場所に辿り着くと「わお！」と思わず声を上げてしまった。

ヨーロピアン風の屋根をしたかわいらしい外観の一軒家だった。白い門の向こうには、ガーデニングが趣味ですと言わんばかりの花壇が見える。日差しに照らされた真新しい表札はキラキラと美しく凛《りん》としていて、いかにも幸せな家族が住んでいる雰囲気が漂ってくる。

茉莉はその光景に頭を殴られたような衝撃を感じた。なんて自分勝手なことをしようとしていたのかと今更気付き、インターフォンを押す手をためらった。

一度俯き、再び表札を見つめた。

——やっぱり帰ろう。

そう心が踵を返した瞬間だ。

門の向こう側にいたゴールデンレトリバーと目が合ってしまった。黒々としたかわいらしい瞳は茉莉を捉えた途端一変し、けたたましく吠えながらこちらに猛然と駆け寄ってきた。静寂に包まれた住宅街に轟音《ごうおん》が響く。助走をつけて飛び上がれば門扉《もんぴ》を飛び越えて来そうな大型犬に、茉莉は悲鳴を上げた。

花壇の向こうの窓がカラカラと開く。門扉の向こうでわめいている茉莉の声に気付いたのだろう。子供をあやしながら住人が庭へ下りてきた。

女性は美幸だった。セミロングの髪は綺麗にカールされマリン系トップスに細身のジーンズを着こなしてすっかり若奥様といった姿に変わっていたけれど面影ははっきりと残っていた。脇に抱えた1歳くらいの女の子が無邪気な目で茉莉を見ていた。

「ピュア！　ピュア、静かに！」

美幸が慌てて駆け寄って来ると、ゴールデンは口を閉じたものの、うーっと唸りながら茉莉を睨んでいる。

「あの……」

門の隅に縮こまっていると美幸が声をかけてくる。茉莉は恐る恐る美幸を見上げた。

「……茉莉？」

「ひ、久しぶり……」

「ウソ。ホントに茉莉なの？」

「ホントに茉莉です。高林茉莉です」

門越しに、転校したことから姉の結婚までを短縮で一気に話し上げると、美幸は優しく微笑んでくれた。ピュアと呼んだ犬を小屋へ連れて行って繋ぐと、門を開けてくれる。

「茉莉が訪ねて来てくれるなんて嬉しい！」

ホントかよ、と疑心暗鬼になりながらも、茉莉は素直にその言葉を受け入れたかった。

招き入れられた室内も外観と同じく幸せの行き届いた部屋だった。スタイリッシュなサイドボードの上に並べられた写真立ての中には、優しそうな夫と美幸、かわいい赤ちゃんがいた。

茉莉の周りをよちよち歩きしている、コムサのベビー服に包まれた女の子は人見知りしないのか、愛想よく茉莉を見上げてくる。

「桔梗さん、こっちにいるんだねー」

「うん。南中学の近所にね」

「会いたいな。女の子の憧れ！　って感じの人だったもんね」

ローテーブルに紅茶を出すと、カーペットの上の子供を抱き上げ、ソファーに腰を下ろす。茉莉も促されてそこに座った。

美幸は暗く俯いていたあの頃からは想像もつかないほど華やかな女性に成長していて、茉莉は嬉しかった。

「茉莉は？　今どうしてるの？」

美幸が訊く。茉莉はティーカップに伸びた手を戻した。

体を壊して、と話してもよかった。けれどこの時だけは、嫉妬や羨望とは違うところで自分を隠したいと思った。無邪気な赤ん坊の笑顔と、この家いっぱいに広がっている幸せを曇らせたくなかった。

「ＯＬしてる。東京で」

「茉莉が転校したの誰かに聞いたけど、東京だったんだね。東京かぁ、いいなぁ」

「美幸ちゃんの方がいいよ。旦那さまにかわいい赤ちゃんに」

そう言うとまんざらでもなく笑い返す。

「美幸ちゃん、あのね」

茉莉は戸惑いながらも、やはりいてもたってもいられなくなった。どうしてここまで会いに来たのか、茉莉は話し出した。

「ごめんなさい」

立ち上がって頭を下げる。閑静な住宅街に小さな沈黙が流れた。

美幸がカップを取るのが前髪の向こうで見える。茉莉は頭を上げるタイミングがわからず、美幸が紅茶を一口飲み、カップを置くまでその体勢を保った。

「もういいよ、茉莉」

「ホントに……」

「いいの。茉莉が悪いわけじゃないでしょ」

美幸に促されてソファーへ戻ると、茉莉は一気に紅茶を飲み干した。美幸は赤ん坊を抱きかかえながら、真っ直ぐに茉莉を見つめ、そして笑った。

「今、そんなことを覚えてるのは茉莉だけよ」

「そうかな……」

「そうよ。みんなもう忘れてるわ。人は、されたことは覚えていてもしたことはそんなに覚えてないものよ。わたしもそうだからわかるわ」

「美幸ちゃんも……？」

「ええ。だってわたし、中学でいじめっ子だったもの」

悪戯《いたずら》っぽく肩を竦《すく》めて、美幸はフフフと笑った。

「同じ中学に行った子なら知ってるわよ。美幸は怖かったってね」

「怖いんだ……」

「別に不良じゃないわよ。ちゃんと部活動に精出してたし」

「何やってたの？」

「陸上よ。こう見えて県記録持ってるんだから！」

いじめられた彼女は走り続けることでそれを払拭した。陸上部で信頼を得て先輩を味方につけると、気に入らない子は徹底的にいじめ抜いた。その中には6年生の頃彼女をいじめていたクラスの女子も含まれていたと美幸はけろりと言った。

「やられたらやり返す、なんてホントに子供の喧嘩《けんか》よね。あの頃は、死にたくなるほどの絶望、みたいな感じだったけど、今となってはわたしも反省してる。でも、茉莉みたいに謝りに行ったりしないし、誰も謝ったりしないわよ」

「美幸ちゃん、笑ってるけど、結構バイオレンスなこと言ってるよ」

「そう？　強くなったんだよ、わたしは。いじめられて強くなって、いじめっ子になってもっと強くなって。でももしね、美樹が……この子がいじめられたらもっと強くなるだろうし、逆にいじめっ子になったら、もっともっと強くなるわ」

「……最強だね」

茉莉が笑うと、美幸は細腕で赤ん坊を高く抱き上げた。ご機嫌な美樹がキャッキャと笑った。

「美幸ちゃん、ごめんね」

「いいよ。茉莉はいじめっ子になりきれてなかったからね」

「そうかな。かなりひどいと思うけど……」

「筆箱変えちゃってゴメンなんて、笑える」

「ごめん……」

「あの頃はそんなことが重要だったんだもんね。うん。謝罪を受け入れます」

美幸は笑う。笑顔の中に一緒に絵を描いていた頃の面影が見えた。

「いじめっ子として言わせてもらえば、茉莉は優しすぎたわ」

「いじめっ子の意見ですか……」

「クラスに流されて仕方なかったとしても、茉莉がわたしのこと、本当はすごく気にしてるの知ってたわ。わたしは茉莉のそういうところ、好きだったわよ。だから今日は来てくれて嬉しかった。それより茉莉、筆箱のこと覚えてて、ピュアって犬の名前には反応してくれないの？」

「え？　どういうこと？」

訊き返すと美幸はむうっと頰を膨らませた。小学生の頃も上手に絵が描けないとこうして頰を膨らませるのが彼女の癖だった。

美幸は新しい紅茶を入れながら、少し怒って言った。

「ひっどいなぁー。ピュアは茉莉が好きだった漫画の主人公の名前じゃない。子供が生まれたらピュアって名前にするんだって言ってたでしょ？　さすがにこの子の名前にはできなかったから、あの子につけたんだけどな」

「どうして、わたしが好きだった……」

「わたしにとって茉莉は、子供時代のいい思い出だからよ。楽しかった思い出の中には必ず茉莉がいる。だから子供の名前をつける時にも、犬の名前をつける時にも、わたしは茉莉のことを思い出したのよ」

美幸の笑みを恥ずかしくて直視できなかった。初めて好きになった男の子から告白された時のようにドキドキして、気恥ずかしくて、だけど嬉しい気持ちが体をくすぐる。

「ありがと、美幸ちゃん」

「わたしこそ、来てくれてありがとう。茉莉」

2人は向き合って笑い合えた。茉莉が手を差し伸べると、美樹がこちらに手を伸ばしてくる。抱き上げて高い高いをしてあげると、美樹は声を上げて笑った。友達の子供をこんなふうに抱けるとは思いもしなかった。いつもなら、膨大に投与した薬の影響で子供が産めなくなったことを悲観しただろう。けれど目の前のこの健やかな笑顔を素直に愛しく思えた。

東京に戻ったら、美幸に手紙を書こうと思った。

「あ、そうだ茉莉。3・4年生の時のクラス、覚えてる？」

「うん、覚えてるよ。仲良かったよねー。担任の先生が若くて、なんか纏まってますって感じのクラスだったよね」

「そうそう。いまだに仲いいのよ、みんな」

「そうなの？」

「うん。ほら、学級委員だった三谷くんいるでしょ？　あの子、家業のお肉屋さんやってるの。結構いいものあるから、この辺の主婦はみんな集まるのよね。そこでクラスの女の子が集まって、三谷くんから男の子に連絡回してもらったりしてね、2年前くらいからかな、みんなの結婚報告兼ねて同窓会やってるのよ」

「同窓会？　ホテルとかで？」

紅茶の葉を替えながら、向こうのダイニングで美幸が笑う。

「違う違う。近所の居酒屋よ。結構集まるのよー、これが。茉莉、いつまでこっちにいられるの？　お仕事の都合とかつけばどう？　えっとね……」

キッチンの出窓に置かれたカレンダーを指で撫でて、美幸の顔がはしゃいだ。

「明後日！　明後日あるわ！　行こうよ」

「え？　美幸ちゃんは？」

「わたしは2次会から。旦那が帰ってから時々参加してるの。ね、茉莉が来たらみんなビックリするよ！　ほら、みんなで文集書いたじゃない？　あの時の表紙って茉莉が描いたんだよね。あの担任の岡町先生の絵がいまだに爆笑なの。茉莉が来たらみんな喜ぶよ」

懐かしいクラスメイトに思いが巡る。結婚報告を兼ねた同窓会なんて主旨が嫌だと思った。けれど今の茉莉は『東京のＯＬ』だ。それはコスプレと同じようにまったく別の誰かになるみたいで、心が騒いだ。

「行こうよ、茉莉」

茉莉は頷いていた。

そしてもうひとつ。

『好きです』の行方を思い出していた。

美幸ちゃんはわたしの地雷を知らない。だから素直になれた。なりきってしまえば心まで飾れる。

楽だった。病気じゃないわたしは。

このまま嘘が真実になってしまえばいいのにと、少しだけ祈った。

9

茉莉は帰る日程を延ばし、同窓会へ出ることにした。

美幸に教えてもらった居酒屋へ、桔梗に送り届けてもらった。

「遅くなってもいいけど、あんまり無理しちゃダメよ」

運転席から覗き込んで桔梗が言う。

「大丈夫、送ってくれてありがと」

「何時でもいいから電話してね。迎えに来るから」

「ありがとう。行ってきます」

車が走り去るまで見送って、茉莉は夜空に向かってひとつ息を吐く。大分日が長くなった夏の初めの空は、居酒屋が賑わう時間からゆっくりと日が落ちる。薄い三日月が白々と見えた。

居酒屋に送り迎えなんてどんだけ箱入り娘かな、と自分を軽く茶化す。けれど姉の心配を煩わしく思ってはいけない。

居酒屋の暖簾《のれん》の前に立つと急に心が怖気づいて入るのがためらわれた。桔梗から服を借りた。化粧もネイルも桔梗に仕立ててもらった。もう一度鏡でチェックしなおそうとした瞬間だ。

「入んないの?」

突然の背後からの声に、茉莉は肩を上げて飛び上がった。振り返ると大学生みたいな格好をした男が立っている。ダボダボのTシャツにスニーカーを隠す長いジーンズ。茶色と黒が混ざったくしゃっとした長めの髪。

「スミマセン!」

思わず謝り、茉莉は逃げるように暖簾をくぐり店へ入る。

名前を呼ばれた気がして恐る恐る振り返ると、後ろに立つ彼は驚いたような顔をして茉莉を凝視していた。

「まつりちゃ……」

記憶を総動員して彼の姿を捜すけれど、東京で会った記憶はない。短大時代も違う。じゃあ小学校の? ってことは同い歳?

服装が大学生のようだから年下の後輩だろうか。顔つきも同い年にしては頼りない、というより幼い頃は女の子に見間違われただろうと思うほどかわいらしさが残る童顔をしている。しかし後輩まで記憶の範囲を広げてみても一向に彼の面影に行き当たらない。

茉莉が言い淀み、彼が何か言いかけた瞬間、向こうの座敷の扉が開いて騒がしい歓迎の挨拶が聞こえてきた。

「茉莉ー、こっちこっち！　久しぶりだね〜。あれ？　もしかして真部《まなべ》君？　うわー来てくれたんだぁ。真部君も来たよ！」

10年を優に超えて再会した茉莉をクラス中が放っておくはずはなく、座敷に通されると大歓迎された。

「茉莉、久しぶりだねー。懐かしい！」

美幸から事前に茉莉のことを知らされていたクラスメイトが次々に声をかけてくるたび、茉莉は記憶と名前の照合に一生懸命で、何を喋っているのかよくわからないくらい忙しかった。

話は盛り上がる一方で、テーブルには居酒屋メニューのオンパレードが所狭しと並んでいる。茉莉の前には頼んでもいないのにビールジョッキが置かれていてさっきから何回乾杯したかわからない。

「茉莉は東京で働いてるんだよね？　美幸から聞いたよ」

「東京なんていいなー！　カッコイイ」

「うわ、田舎発言だよ、それ」

「普通の事務系？」

「えっと……アパレル系……」

畳《たた》みかけるような勢いで話しかけられると、勢い余って気づいた時にはふたつ目の嘘がこぼれ落ちていた。

「いいなー、茉莉。アパレル系なんてドラマみたい」

「忙しいだけよ」

「洋服作ったりとかするんだ」

「ううん、主に販売戦略とかね」

「かっこいー！」

アニメの衣装しか作ったことがないくせに、嘘は流暢《りゅうちょう》に流れた。小学生の頃から家庭科が得意だった茉莉は、体育着バッグやリコーダーケースなどを自分で作っていた。それを思い出した子がいてくれたおかげですんなりとその役に入り込めた。

店が混み合ってくるにつれクラスメイトは続々と現れた。休日出勤だったとか、自営業の店が終わったとか、いろんな職種の人が集まる。懐かしい顔はいつの間にかすんなり名前を思い出せるようになり、話は弾んだ。茉莉は、さっき来たばかりのスーツ姿の彼の横にさりげなく移動した。

「久しぶり、茉莉」

「タケルくんも、元気そう」

笑い合って乾杯する時に、しっかり左手の薬指はチェックした。

タケルは初恋の人だ。明るく元気なクラスのリーダーで、あの頃からカッコよかったけれど、精悍《せいかん》な顔つきにスーツのコンビはこの瞬間から新しい恋が始まってしまうくらい素敵だった。

「へー。茉莉はアパレル系なんだ。バッグとか作るのうまかったもんな」

「覚えてるの？」

「廊下にいつも飾られてたから」

子供の頃の温厚さがまだ残っている柔和《にゅうわ》な笑みだった。彼に再会することが目的だった茉莉は、どうにかもう一度別の場所で会えないか、話しながらタイミングを探った。

直球の恋愛しかできない茉莉が唯一『好きです』の想いを告げていないのが彼だ。中学は離れ離れだったから結局言えないままだったけれど、3年生で同じクラスになってから東京に行くまで茉莉は一途《いちず》に彼のことが好きだった。

「そういえば、茉莉はさ、漫画家になるって言ってたよね？」

「そうだっけ？」

「そうだよ。オレが陸上でオリンピックに行く、茉莉は漫画家になるって。忘れちゃった？」

まさか見透かされているのかと思い狼狽《うろた》えてしまう。しかしタケルの柔和な笑顔には変化の色は見当たらない。

知っているはずがないじゃないと、茉莉は動揺を鎮めた。そして今思い出したような声色で言った。

「あったね！　あった、あった。すごい夢の話だね」

「そうだよ。そっちの夢は？　もう絵は描いてないのか？」

「描いてないよ」

茉莉は肩を竦めて言うとこの話は終わらせようとした。

「茉莉ちゃん、なんか飲む？」

突然屈託のない声がして、振り返るとさっきの彼がそこにいた。

20人ほど集まったクラスメイトたちは、もうすでに中間管理職かと思われるような風貌に変化している者もいれば、タケルのようにスタイリッシュな大人に成長を遂げた者もいる。年齢の重ね方は十人十色だった。けれど学生風なのは隣の彼だけだ。

彼は真部和人《かずと》。今ここで明らかに浮いているように、小学生の頃も同じようにクラスで浮いた存在だったのを茉莉はおぼろげに思い出していた。女子の10人中8人が憧れていたタケルとは違う意味で、一目置かれていた少年だった。

成績は抜群によかったし、運動神経もよかった。だけど彼は人気者ではなかった。

性格を覚えているほど話をした記憶はないけれど、ちょっと変わった子だったのは思い出せる。休み時間には文庫本を読み、放課後は一番に教室を出て行く子だ。

「わたしはまだ……」

「烏龍茶でいい？」

メニューを見ながら唐突に言う。断ろうとした時にはすでに、そこにいた店員に烏龍茶2つと言われてしまっていた。

「あの……」

「いいじゃん、付き合ってよ」

和人はニコッと笑った。歯並びが綺麗で、目じりの下がった顔は憎めない子供みたいで、茉莉は口を噤《つぐ》む。

「カズは相変わらずマイペースだね」

隣からタケルが笑う。

「まーね。俺はタケと違って社会で生きてないしな」

「社会で生きてないって？」

茉莉が訊き返すと、和人は頬にかかる緩いスパイラルパーマのかかった髪をくしゃっと掻き上げながら肩を竦めた。

「俺、会社勤めとかしてねーもん。悠々自適《ゆうゆうじてき》の人生なんだ」

「それってニートってこと？」

「違うよ、茉莉。茉莉は覚えてない？　カズは由緒正しい茶道の家元なんだよ。いずれ家を継ぐんだよな」

「そ。俺はお茶屋になるの。だから今は修業だけしてればあとは自由の身」

「それをマイペースって言うんだよ」

「今はいーんだよ。今はね」

自分を挟んで交わされる会話の様子をうかがいながら、素朴な疑問を口にした。

「ねえ、２人って仲良しだった？」

「高校が一緒だったんだ。中高一貫の私立でね、カズは中学からそこで、オレは高校から」

「同じクラスだったし、カズには陸上部の助っ人とかもしてもらったしな」

「俺はエスカレーターだったからね」

「そうなんだ」

「意外？」

和人が言うのを茉莉は両手を振って否定した。

「ううん、そうじゃないよ。小学生の頃みたいに運動神経よかったんだね」

「覚えてるの？」

「うん。足速かったでしょ？　それに跳び箱、クラスで一番跳んでたし。わたし5段も跳べなかったから、すごいなって」

瞬間思い出したことなのに、そう言うと和人はびっくりするくらい嬉しそうに微笑んで見せた。愛想のいい子犬みたいな顔が満面の笑みを咲かせる。

「ありがとう、茉莉ちゃん」

「カズだけだよな、茉莉をちゃん付けで呼ぶの」

「俺は女の子を呼び捨てになんかできないんだよ」

タケルが笑うのを和人は真面目な顔で否定する。茉莉は小学生の頃、和人にどんな風に呼ばれていたかも、彼をどんな風に呼んでいたかも思い出せずにいた。

「昔からそうだった？」

「あー、覚えてないね、茉莉ちゃん。悲しいなぁ」

「ご、ごめん！　ああ、でも嬉しいな。わたし呼び捨てされるのが普通だし、それに今、ちゃん付けってなんか嬉しいよ」

「ホント？」

「うん」

秀才しか行けない私立高の、ちょっといい友情をタケルが語る。和人を『カズ』と呼ぶのはタケルだけだと、茉莉は気付いた。

「カズは一目置かれてたもんな。成績はトップだし、教室で黙々と英書読んでるイメージだし」

「文学少年なんだ」

「違うよ！　家で堅苦しい日本語ばっか聞いてるから、英語に逃げてたんだ」

「何それ。すごい理由」

「でも小説とか、原書の方が楽しいよ」

「わたし英語〝3〟以上取ったことないもん」

「ダメだよ、茉莉。カズは〝5〟以外の数字を知らないんだから」

「うわ、ちょっとイヤミー」

　2人が声を合わせて笑うと、和人はムスッとしてから、揚げを口に放り込み、茉莉が残したままでいた気の抜けたビールを一気に飲み干してしまった。

「すねないで。ごめんねカズくん」

　結局小学生の頃彼をどう呼んでいたか思い出せなかったので、タケルにならってそう呼んだ。

「どうせ俺は〝5〟以外取ったことないですから」

「わー、自分で言った」

　茉莉が笑うと、和人は困ったように頭を掻いた。見た目はこんな和人だけれど、注意して見ていると背すじがピンと伸びていたり、箸をきちんと持っていたりした。指先がとても綺麗なのが印象的だった。

そうして2次会に行こうと席を立つ。ここでお別れの子たちと別れを惜しんで、店の前で携帯電話のアドレスを交換している時だった。

「タケ、今日彼女は？」

誰かの声に、茉莉は思わず顔を上げる。そこにいた和人と目が合ってしまい、茉莉は決まり悪く携帯電話の液晶に視線を戻した。

「今日は実家に戻ってる。遅くなるってわかってんだよ」

「いつまで同棲続けんの？　そろそろ結婚とかあるんだろ？」

「オレはしたいと思うんだけど、向こうがもう少し働きたいってのもあるし」

「そっか。まだ入社して1年だもんな」

声が頭の上を流れていく。唐突な爆撃を浴びて茉莉は自分の笑顔がわざとらしくなっていることに気付いた。勝手に立てていた告白計画が、脆くも崩れてしまった。

メール交換を終え別れを済ませると、2次会へ向かう足が途端に重くなってしまう。美幸が来るから断れないけれど、2次会の目的の半分はタケルと次に会う約束を取りつけることだったから。

ぞろぞろと移動していく群れの前線にタケルがいる。さっきまで隣同士だったのに、今はもう手が届かないくらい遠い気がした。だんだんとみんなから遅れて一番後ろに来ると、つまらなそうな茉莉の顔を、和人がひょこっと覗き込んだ。

「茉莉ちゃんって洋服作ってるの？」

「え？」

「さっき言ってたでしょ」

「作るってより販売。企画とかね」

「そうなんだ。勿体ない」

ジーンズのポケットに手を突っ込んでダラダラ歩く和人が、思い出すように夜空を仰いで言う。

「茉莉ちゃん、すごく器用だったよ」

「カズくんも覚えてるの？」

「覚えてるよ」

「家庭科のバッグ？」

「違う。俺のシャツのボタン」

頭ひとつ大きな彼を見上げながら記憶の糸を辿っていくけれど、そんなものはどこにも見当たらなかった。茉莉がわからない顔をしていると、和人はまた愛嬌《あいきょう》あるえくぼを見せて苦笑した。

「覚えてない？　覚えてないか」

「ごめん」

「俺の小学校時代の一番の思い出なんだけどなぁ」

「そうなの？」

「そう。俺のシャツのボタンが取れかけてるの、茉莉ちゃんが見つけて縫ってくれたんだ。こう、着たままで胸んとこのボタン。あんなに女の子と顔近づけたの初めてだったから、ドキドキした」

「……そうなんだ。そんなことあったっけ」

「あったよ。俺は覚えてるもんね」

茉莉の胸がトクンと跳ねる。それと同時に、隣から携帯電話が鳴った。和人は足を止めて電話に出る。クラスメイトたちは気付かずそのまま行ってしまうけれど、和人を残していくわけにもいかず、少し離れたところで止まると、和人の言う思い出の記憶を必死で探した。

「はい、わかりました。すみません、今夜は……はい。それはわかっています。はい。来週伺います。わかっています。そちらの準備はしました。はい……そうです。お母さんに言われた通りに……はい、わかっています。ありがとうございます」

さっきまでとはまるで違う口調の和人の声に、茉莉は顔を上げる。路地に立ち止まって話す彼は口調もさることながら、姿勢を正し、凜とした風格のある面持ちをしていた。さっきまで明るい顔をしていた和人の表情がどんどん曇っていく。電話の相手に言い押されているのか、時々言葉を切られるたびに唇を噛みしめる和人を、茉莉は不安げに見つめた。

「ごめんね、ありがとう」

電話を終えるとまた無邪気な笑顔に戻って駆け寄ってくる。

「ううん」

「オヤジさんからだった」

「お父さん？　随分丁寧なんだね。上司かと思っちゃった」

「上司だから」

「え」

「オヤジさんは家元だから。俺は息子じゃなくて弟子だからね。師弟関係だから、俺たち」

親を「上司」なんて言う人を初めて見た。茉莉は次の言葉が出てこない。電話の様子から親子の関係がうまくいっていないことは察しがつく。前の集団が歓声のような派手な笑い声をあげるのでビクリとして次の言葉が出てこなくなってしまった。

「茉莉ちゃんて顔に出やすいね」

茉莉の気まずさを察したのか和人が笑いを含んだ声で言う。

「え、あ、ご、ごめん！」

「いいよ、別に。慣れてるから」

「慣れてるって……」

直後に訊くべきじゃなかったと思った。和人はそれを見逃さずに茉莉の頬を指で突いた。

「顔、出てるよ」

「あ！　ごめん」

「茉莉ちゃん、変わってないね。そういうところ、変わってない。よかった」

「小学生から変わってないって言われても、嬉しくない……」

「そう？　俺は好きだけど。そういうの」

さらりと付け加えた和人に、茉莉は硬直しかけた。それが意味のない言葉だとしても、茉莉は上手に流せずに慌ててしまう。無理矢理話題を変えようとすると、そのぎこちなさを和人はアハハと笑った。

2次会の居酒屋で美幸と合流すると女の子同士の話が盛り上がった。和人はタケルと話をしていたけれど、女性陣の話が一段落するとまた茉莉の隣をキープして、茉莉が酒に弱いことを見抜いているのか勝手に甘いジュースを頼んでくれた。

和人の隣は、さっきの『好きだけど』が邪魔をして居心地が悪かった。

2次会は子育てだの結婚だの仕事の愚痴だので大盛り上がりだった。茉莉も嘘で固めた愚痴を並べてみたけれど、次第に疲れてきて、同時に体も疲れを感じ始めていた。12時でダウンなんて恥ずかしくて言えない。でも体は確実に静寂と眠りを求めている。気遣ってくれる人は誰もいない。誰も知らない方が楽だったはずなのに、心細さを覚えた。

「茉莉ちゃん、平気？」

隣からかかる声に顔を上げる。愚痴大会に口を挟まないでいた和人が茉莉を見つめていた。

「どうして？　平気だよ」

「もう帰った方がいいんじゃない？　お姉さん心配するよ」

「あ、そうだ茉莉！　桔梗さん！　みんな知ってる？　桔梗さん結婚してこっちにいるんだって！」

美幸の言葉に、みんながえーっと驚く。質問が始まると茉莉はまた笑顔をキープして快活さを装って話に加わってしまう。

1時を回ると、さすがに携帯電話が鳴った。聡だった。

「ごめんなさい、もう帰るね」

「うん、再会を懐かしんでいるんだろうとは思ったけど、ごめんね。やっぱり心配で」

「大丈夫だよ。お迎えは……」

店の場所をどう説明していいかわからず、店の外まで出て店名やビルの名前を見つけようとする。ただついて来ただけだったので地理がまったくわからなかった。美幸に聞こうと一旦電話を切ると、そこから和人が顔を出した。

「帰る？」

「あ、うん。お姉ちゃんの旦那さんから。迎えに来るって」

「ここに来てくれるの？」

「そうなんだけど、場所がわからなくて。あ、カズくん、今電話するから、よかったら説明してもらえないかな」

「俺が送って行ってもいい？」

何となくそう言われる気はしていた。けれどいざその言葉を聞くと、茉莉は過剰に反応してしまう。人生で初めてそう言われた時みたいに頬が赤くなって、シミュレーションが頭を駆け巡る。

「マンション、南中学の裏なんだろ？　俺と同じ方向だし、いい？」

「えと……カズくんはもう飲まないでいいの？」

「俺はいつでも飲めるから」

夜風が火照《ほて》った頬の熱をさらう。期待と、それを掻き消す不安と、調子のいい妄想を振り切って、頷いた。

座敷に戻り帰ることを告げると、酔っ払い一同は盛大に残念がってくれた。

「じゃあね、また連絡するから」

「東京に帰る時は教えてね。見送るよ」

「ありがとう、また帰る前にお茶でもしようよ」

「メールしてね」

美幸にお礼を言って別れの挨拶をして、大好きだったタケルに手を振った。

「結婚したら教えてね」

「ああ。茉莉もね」

「わたしはまだまだ！　仕事が楽しいから」

「懐かしい話できて、楽しかった。また帰って来いよ」

「わたしも！　じゃあね」

結局、『好きです』は行くアテをなくしてしまった。けれど久しぶりに、とても充実した時間が過ごせた。

店を出ると、そこに和人がいた。

「いいの？　みんなに何も言わないで」

「うん。別にいい」

必死に社交辞令を並べ、嘘をつきまくっていた茉莉に対して、和人はタケルくらいとしかまともに話をしていなかった。いつでも飲めると言ったけど、同窓会に顔を出したのは2回目らしかった。1回目はタケルに無理矢理連れて行かれたと、さっき和人自身が言っていた。

先に歩き出す和人の後ろについて、茉莉は横からそっと彼を見上げてみる。視線に気付くと、和人は気のいい笑顔を見せた。

和人は幼い頃から人と群れたりしなかった。休み時間も物静かで、クラスで一番跳び箱を跳んだってはしゃいだりせず飄々《ひょうひょう》とした顔をしていた。

「俺のこと考えてるの？」

「えっ、違うよ！」

「だってずっと見てるじゃん」

「見てないよ！」

慌てて顔を逸らす。

「茉莉ちゃんは彼氏とかいないんだ」

「なんで断定なのよ」

「すっごい失礼！　でもいないから怒れない」

「かわいいのに勿体ない」

「かわいい!?　うわ、かわいいとか久しぶりに言われた！」

歩幅を合わせて歩く。シャッターが全部閉まった商店街のど真ん中に茉莉の声が響き、和人の笑い声がその声を包み込んでいく。和人はよく笑う。楽しそうに笑う顔は、こちらまで笑顔にしてくれる。

「カズくんはいないの？」

「いない」

「かわいいのに勿体ない」

同じ台詞を言うと、和人はキョトンとして茉莉を見下ろして、それからそのかわいらしい顔でふてくされたように言った。

「童顔なの気にしてんだよ」

「そんな格好してるから余計にでしょ。街にたむろしてる学生みたいよ」

「プロに言われると痛いな」

和人が肩を竦める。茉莉は慌てて、

「でもおじさんみたいになっちゃうよりはいつまでも若く見られた方が得よね」

愛想笑いを浮かべながら早口で言った。プロでもないのに『プロ』と言われて動揺したのだ。

「茉莉ちゃんは大人になったね」

誰もいないシャッター通りに和人の声が響いた。歩きながら穏やかに微笑むその瞳は優しさを湛えていて、触れられてもいないのに全身を包まれたような感覚に陥った。面映ゆさに頬のあたりがむずむずした。口を閉ざすと突然静寂に包み込まれた。茉莉が生み出した沈黙は『男の人と2人きりでいる』という事態を強く意識づけてくるから、急に恥ずかしくなって和人から視線を逸らした。

西の空に移動してきた薄い三日月と目が合うと、にっこりと笑われたみたいだった。商店街の前から吹き抜けてきた生暖かい風がスカートのすそに絡まってまとわりついてくる。くすぐったくて奥歯を噛んだ。閉じられたシャッターが風で鳴ると、たくさんの人に見られているみたいで心がざわざわした。

さっきまで意識に留まらなかったものが急に輪郭を持ったように見えた。

和人が振り返ったとき、心がわずかに飛び上がった。

「茉莉ちゃん、明日は何か用事がある？」

警戒させないような声で訊いてくる。

さわがしいクラブの中心で「レゲエ最高だぜ」とわめいていた男の子と同じような

格好をしているけど、和人には彼らのような荒々しさはなかった。和人のその声に、嫌な下心は感じられない。男の人と過ごす休日なんてどれくらいぶりだろう。待ち合わせをして、食事をして、映画を見る？　それとも遊びに行く？　和人はどんなふうに過ごすのだろう。素直に和人と過ごす休日を知りたいと茉莉は思った。

「別に何もないけど」

「じゃ、明日遊ぼう」

「何して？」

「せっかくだから小学校に行ってみない？」

空振りしたバッターみたいに気が抜けてしまった。いきなり不埒《ふらち》な妄想をしていたわけじゃないけれど、健全すぎる提案がおかしかった。

「いいよ、行ってみよ」

和人があまりにも堂々と喜びを見せるので、もう明日が楽しみになってしまった。

好きだよって、時には誰かに言って欲しい。
それだけで生きている実感が持てる。女の子からでもいいや。
好きだよ。

なんていい言葉だろう。
それだけで優しくなれる。
わたしも誰かに言おうかな。

10

正門で待ち合わせをした。時間通りに行くと、すでにそこに和人がいた。

その日は朝から日が強く、和人はフィットした白いTシャツに昨日よりまともなジーンズを穿《は》いていて、大分歳相応に見えた。

「おはよう、茉莉ちゃん」

「おはよう」

ジーンズの後ろポケットに手を突っ込んだ和人が顔をほころばせた。

「日曜日だけど、入れるのかな」

「うん。毎週サッカー部と野球部が練習してるから」

「よく知ってるね」

「俺のお散歩コースだから、ココ」

「お散歩って。どんな生活してるのよ」

茉莉がクスリと笑うと、和人は猫のような仕草でくしゃっと頭を掻いた。

正門をくぐると子供たちの声がグラウンドから聞こえてくる。プールの脇を抜け、グラウンドを横目で眺め、２人は校舎を見上げた。校舎は通っていた頃と少しも変わっていなかった。懐かしい景色と記憶を甦らせるにおい。ブランコやジャングルジムやウンテイもすべて同じ場所にあった。

鉄棒が低い。思わず駆け寄って掴んで回ってみるけれど、できたはずの逆上がりがまったくできなくなっていた。

「茉莉ちゃん、お尻が重い」

「カズくんはどうなのよ」

言い返す茉莉の横で和人は軽々と回ってみせる。くるりと顔を上げると、腕を伸ばして見下ろして笑った。軽々としたその動作に思わず見惚れてしまった。

「鉄棒、大分低いね」

「それだけカズくんの背が伸びたんだよ」

「あ、じゃあ、今ならあれができるかも」

和人は鉄棒から飛び降りると、遊具の奥にある高鉄棒へ走り寄る。一番高い鉄棒も、手を伸ばすとすぐに掴めてしまった。

「届いた」

「男の子はそれで懸垂《けんすい》とかやってたよね」

「そー、やったー。スポーツテストで俺とタケと延々やってた」

「あ、覚えてるそれ。どっちが勝ったんだっけ？」

「俺」

「そうだっけ？　タケルくんでも負けることあったんだ」

「悪いけど、俺タケに負けたことないよ」

「そうなの？」

「そうなの！」

幼い頃は空まで伸びていそうだった鉄棒に、和人は軽くジャンプするとまたくるりと逆上がりをして腕を伸ばす。さっきよりずっと高いところからずっと遠い場所を眺める彼を、茉莉は下から見上げていた。

ボールを打ついい音がネットの向こうで響く。振り返ると砂埃まみれの子供たちがグラウンドのあちらとこちらでサッカーボールを追いかけたりバットを振り回したりしている。２人は、自分たちのあの頃を横から眺めているような錯覚を感じていた。

あの頃のことを茉莉は思う。明日は無条件に存在していて、今日はとりあえず楽しかった。お金がなくてもここにある遊具で一日中遊べる不思議な知恵を持っていたし、無限の世界がそこに広がっているような放たれた心地にいつだって包まれていた。

どちらが幸せなのだろう。死を知っている人間と、死を知らない人間と。時は同じように流れているはずなのに。

「茉莉ちゃん」

ふと顔を上げると、上から和人が笑いかけてくる。タイムリミットを知らない、呑《のん》気《き》で穏やかな顔だ。

「いい天気だね」

「そうね……」

「それだけで幸せ感じない？」

和人が空を見上げ、茉莉も同じ方を見上げる。

「きれい……」

その色に巡り会えただけで幸せを感じてしまえるくらい。

和人は鉄棒から飛び降りるとジーンズを払って笑う。交《か》わした目に、茉莉は素直に笑い返した。

「行こう。俺、茉莉ちゃんに見せたいもんがあるんだ」

和人はそう言うと茉莉の手を引いて校舎の方へ足を向けた。すっぽりと自分の手を包んでしまった和人の大きな手の平を、茉莉は空と同じように綺麗だと思った。

昇降口に並ぶ下駄箱が小さく思えたことも、靴下で歩く廊下のひんやりとした硬さもなんだか新鮮な感動だった。階段を上がり、3年2組のプレートがかかった教室に静かに入った。

目の前に広がった光景はミニチュアみたいだった。机も椅子も本棚も窓も、すべてが小さく感じた。その懐かしい空気を思い切り吸い込むと、茉莉は子供みたいにはしゃいで窓側の席に座ってみる。キャラクターのお道具箱が入った小さな机は使い込まれた木の色をしている。

「こんなだったっけ？」

「全部が小さいね」

「茉莉ちゃん、その席だった？」

「覚えてないよ。カズくんは？」

「俺も覚えてないけど、茉莉ちゃんと隣の席になったことはなかった、ってことは覚えてる」

そう言うと和人は茉莉の隣の席に座った。体のサイズに合わない机に頬杖をついて、和人は茉莉を眺めた。

「茉莉ちゃんは誰が好きだった？」

「小学生の頃？」

「当ててみようか。タケでしょ？」

和人の答えに、茉莉はキョトンとする。

「どうして知ってるの」

「だって茉莉ちゃん、わかりやすいもん。顔に出やすいのは子供の頃からだね」

「そっかー。じゃあ、タケルくんにもバレてたかな」

茉莉は席を立つと、後ろの棚にある金魚の水槽を眺めたり、子供たちのカラフルな絵を見上げたりする。後ろの黒板には懐かしい季節の歌の歌詞が書かれていて、それに合わせてハミングしてみたり、その上に貼られた日本史の年表を見上げて自分の記憶力の欠落を嘆いてみたりする。和人の視線がずっと背中から離れなかった。

「タケは鈍感だから、どうかな。アイツは自分がモテるのをナチュラルに知らないタイプだから」

「そーゆーところがカッコよかったの」

「昨日会ったタケも？」

振り返るけれど、ぶつかった視線はやはり居心地が悪くまた視線を後ろの年表に移した。

「タケルくんは昔のままだったからねー。カッコよくなってたし、優しかったし。それに夢を覚えていてくれたのはちょっと感動したし。でも、そんな簡単に好きになんかならないよ」

「どうして？」

「初恋は初恋。昨日は昨日」

「あの時間で恋に落ちなかったの？」

「そんなに簡単に恋しません」

　言ってみたものの、タケルの彼女の存在を知って落胆したことはきっとバレているだろう。

「恋は瞬間でしょ」

　ガタンと椅子を引く音がして、振り返ると和人が立ち上がっていた。机の間をこちらへ向かって歩いてくる。周りの机や棚が小さい分、近づいてくる和人には迫力があった。和人の首で揺れるペンダントのプレートがぶつかり合ってカチカチ鳴った。

「あの時間だけで十分好きになれる」

「べつにわたしは……」

「一度好きになったことあるヤツだったらなおさら簡単に落ちるよ」

　プレートがカチリと鳴って白いシャツが目の前にそびえた。いまさらながら和人がひとりの男であることを意識した。茉莉は思い切って顔を上げた。そこで自分を見下ろしていた和人の見たこともない真剣な瞳に一瞬で吸い込まれて動けなくなった。茶化して笑って話題を変えようと頭の隅で考えていた自分が恥ずかしくなった。

　もしかして小学生の頃の話ではなく、和人にとってこれは現在進行形の……？　そのあとはじわじわと体中が熱くなって心でつぶやくこともはばかられた。

けれど、硬直しかけた茉莉の上から落ちてきたのは、呑気な彼の声だった。

「でもタケには彼女がいるんだもんね。よかった」

見上げると和人は人懐っこい犬コロみたいな顔をして笑っていた。一気に体も心も脱力する。和人に一杯喰わされたみたいで猛烈に面白くなかった。和人の脇を抜けていくと棘《とげ》のある声が出てしまった。

「何がよかったの。意味わかんない」

勝手な妄想を働かせたばっかりに心臓はまだ高鳴っているし、背中はじっとりとしていた。一瞬でも緊張していたなんて気づかれたくなかった。

「だってタケばっかり茉莉ちゃんにモテんの、ムカつくじゃん」

茉莉は条件反射のようにビクリとしてしまう。和人は唐突に茉莉の手を掴み引っ張ると意志を持ってどこかへ歩き出した。

「なんなの？」

引きずられるようにして教室を出て、3年1組の隣にある部屋へ入ると、和人は手を離して部屋の奥へとどんどん入っていく。木製の机が並び、絵の具とニスと木材のにおいが染みついた図画工作室だ。正面のホワイトボードの裏へ、和人は何かの目的を持って入っていく。

迷ったけれどついて行くと、画材が積まれた天井まである棚がそびえていた。画用紙、色鉛筆、絵の具、水入れ、筆、接着剤、墨、彫刻刀などが並べられている。ツンとした絵の具のにおいが懐かしい記憶を呼び起こした。

和人は棚の中身を取り出し床の上に積んでいった。

「茉莉ちゃん、ここ見て」

和人は一番奥の棚の前に座り込んだ。茉莉は怪訝《けげん》に思いながら相反して不思議な期待が胸に湧き上がってくる。

「ここ。覚えてる?」

和人は棚の端に手をついたまま、もう片方の手でその横を指差した。覗き込むと、弾かれたように顔を上げて和人を見つめた。和人は悪戯が成功した子供みたいに笑った。

一番奥の棚の一番下の段には『マツリ』と彫った跡が残っていた。通常この棚にはベニヤ板が積まれているから、絶対に見つからないのを図画クラブに所属していた茉莉は知っていたのだ。

小学生の頃、クラブが終わり誰もいなくなったのを見計らって、さっき和人がやったように高学年が版画で使うベニヤ板をごっそり抜き出した。そして棚に自分の名前を彫ったのだ。学校中で一番お気に入りだったこの場所を独占した気になりたかった。

「まだ残ってたね」

「どうして……どうして知ってるの？」

驚きと時間差の恥ずかしさで困惑している茉莉に、今度は和人が自分の秘密を打ち明けるように、棚の上に乗せていた手をずらして見せた。

「卒業制作で版画作った時見つけたんだ。茉莉ちゃんに確かめたかったんだけど、もうクラス違ってたから訊けなかった。でもすごい嬉しかったんだ。茉莉ちゃんの秘密を見ちゃったみたいで。だから俺も彫ったの」

『マツリ』の横に『和人』の名前が彫られていた。

茉莉のように乱雑な彫り方でなく、綺麗な漢字の名前。しかもその間にはマジックで相合傘が描かれていた。

「これ、誰が描いたんだろ」

「カズくんじゃないの？」

「さすがに相合傘は描けないよ。そこまで勇気ないもん、ガキの頃の俺」

和人が相合傘を指でなぞる。茉莉はその指先を見つめた。

自分だけの秘密の横に、もうひとつ秘密があったなんて。

あの頃はけっして並ぶことがなかった2人が、今は2人で互いの秘密を見下ろしている。

茉莉はそっと『マツリ』の文字を撫でた。夢いっぱいだったあの頃が浮かび上がって、胸が熱くなった。こんな大人になっているはずではなかったと思うと、涙が出そうになった。

「俺のボタン、縫ってくれたのが嬉しかった。あの日が俺の初恋。俺は茉莉ちゃんが好きだったんだよ」

無邪気な子供のように目を細めて和人は優しく告げた。

「だから茉莉ちゃんの秘密の隣の席にいたかったんだ。2年間一度も隣の席になれなかったし、5年生になったらクラス分かれちゃったし。でも俺、卒業するまでずっと茉莉ちゃんが好きだった」

和人の初恋が遠い時間の向こうから茉莉の元へと伝わってくる。それは誰にも触れられていない雪のように穢《けが》れのない純白な色をしていた。茉莉は優しく両手ですくい上げると、それを心の奥へとしまった。純真な想いは長い時間が経っていても茉莉の心を内側から温めてくれた。

「あの頃の茉莉ちゃんはさ、漫画家になるんだって夢とか持っててかっこよかったよ。俺には理想だった」

「理想って……カズくんの理想、低すぎ」

「そんなことないよ。俺は夢とか持ったことなかったし、絵も家庭科も苦手だったから茉莉ちゃんに憧れてたんだ」

「だからタケルくんにムカついた？」

「うん、超ムカついてた」

「でも今は仲良しなんだね」

「中学になって知らない間に茉莉ちゃんはいなくなってた。初恋は実らなかった」

「わたしも実らなかったよ」

2人は肩を窄《すぼ》めて笑った。

「あ、そうだ」

突然、和人が思い立った声を出して立ち上がる。棚の中から彫刻刀のセットを見つけ出してくると、悪戯な目で茉莉を誘った。

「彫っちゃおう！」

相合傘を和人が彫っていくのを見て、茉莉も角形彫刻刀を取った。

「わたしもやる！」

2人で薄くなっている相合傘を線に沿って彫っていく。

「カズくん、不器用！」

「彫刻刀なんて持ったの何年ぶりだよ。うまい方がおかしいだろ！」

「だよね！」

窓辺に乱雑に積み上げられている画材道具の隙間から入ってくる太陽の光が舞って

いるほこりに反射してキラキラとダイヤモンドダストのように光った。過去と現在が融合しているような不思議な既視感を感じながら相合傘を彫った。茉莉が調子に乗って相合傘の周りにハートのマークを彫り加えると、和人が楽しそうに笑った。

「すごい、ラブラブだ」

「次に見つけた人、ビックリするね」

「伝説になるな。ここに名前彫ると、想いが叶うとか」

「うわ、ありがちな少女漫画みたい」

「そういうの好き？」

「好き！　大好き！　あったあった、そーゆーの」

丁寧にゴミを除いてから、その証しを携帯電話のカメラで撮ろうと提案した。けれど和人はそれをやんわりと止めた。

「これはこのままでいいじゃん」

「でもせっかくだし」

「俺はずっと覚えてたよ。だから今度は、茉莉ちゃんもちゃんと覚えてればいいよ」

茉莉はもう一度棚に彫られた相合傘を見つめてから、携帯電話をしまった。

「うん、そうする」

死ぬまで覚えていようと思った。この幸せなふたりのことを。

元通りに片付けて部屋を出ると、すぐ脇の階段の下から足音が聞こえてきて2人はビクリとした。和人が逆側にある階段へ向かおうと目で訴えてくる。2人は足音をひそめてそちらへ向かおうと踵を返した。

「誰かいるのか！？」

大きな声が階段の下から上ってくると茉莉は思わず足を止めてしまう。和人は慌ててその手を取った。

「茉莉ちゃん、急いで！」

和人に引かれて茉莉も走り出す。誰だ誰だという荒々しい声は下から確実に迫ってきていた。

「ヤバい、校務員さんがいたんだ」

校舎の中央を走る階段に向かって走っていると、突然廊下の一番奥の教室から教師らしき中年の男が顔を出した。騒ぎを聞きつけたのかもしれない。

「お前たち！　何やってるんだ！」

「茉莉ちゃん、こっち！」

和人が思い切り手を引いた。後ろから教師が来ているし、下からは校務員が上がってきている。後から考えれば、卒業生だと素直に話せばよかったのだ。けれど今のご時世、無断で校舎に入った方が断然悪い。

図画工作室に戻ると、そこからベランダへ出て非常用階段を脇目も振らず駆け下りた。一階の教室の外廊下を走り抜け昇降口に飛び込むと脱いであった靴をつっかけて、サッカー部のど真ん中を突っ切って２人は慌ただしく学校から出ていった。

学校の近くにある児童公園に飛び込むと、ジャングルジムの前まで来てようやく２人は足を止めた。

茉莉はジャングルジムにしがみついて呼吸困難に陥っている体になんとかして酸素を取り込もうと口から空気を吸い込むがうまく吸い込めずに呼吸は乱れて荒くなる。激しく全身を上下させながら、ばらばらに散っていく意識を繋ぎとめるようにジャングルジムの鉄の棒を強く握りしめた。全身の血液は濁流になって心臓へ流れ込んでいく。処理能力を凌駕《りょうが》した心臓は轟音の脈を打ち鳴らした。倒れないように、意識を失ったりしないように、なんとかこの嵐をやり過ごせるようにと、すがるような気持ちで冷たい棒を握りしめた。

「あー、ビックリしたね」

公園の入り口の様子をうかがいに行っていた和人は、少しの乱れもない声で言った。けれど茉莉は答えられなかった。まだ、声を発することなんてとてもじゃないができない。

「茉莉ちゃん？　どうしたの？」

様子がおかしいことに気づかれてしまった。覗き込んでくる和人に心配かけまいとして、なんとか顔を上げて笑いかけようとするけれど表情がうまく作れない。

「茉莉ちゃん？　え、ちょ……大丈夫？」

「……ん……」

緊急時の手段だと思いピルケースを出そうとしたけれど、困惑している和人の前で薬なんて飲むところを見せたら彼はどう思うだろう。きっと嘘のメッキは剥がれ落ちる。自分は東京のＯＬでなくて余命10年の病人になってしまう。それがいやで鞄に伸ばした手を引いてしまった。

普通に見せようとすればするほどぎこちなくなって、大きく息を吸い込んだ途端喉ごと体が痙攣《けいれん》した。茉莉は泣きたくなった。お願いだから元に戻って、悪くならないでと体に祈りを込める。痙攣はすぐに治まったけれど、冷や汗がじわじわと額や背中に浮かんでくる。ただ走っただけで茉莉の体はここまで秩序をかき乱される。

尋常じゃない様子に和人が手を伸ばしてくる。それを避けようとするとぐらりと視界が揺れた。

一瞬視界が真っ白になったので血圧が一気に下がったのかもしれないという恐怖が走った。自分の力で体を支えられなくなった茉莉は和人の腕の中に身を委ねるしかなかった。

力尽きて倒れ込んでしまうと、和人は両手で受け止めてくれた。けれどバランスを崩してその場に2人で膝から崩れ落ちた。最低最悪の気分だった。茉莉は和人の顔を見上げることができなかった。

やがてゆっくりと散らばっていた意識が茉莉の中に戻ってくる。バラバラになっていたパーツがひとつずつ揃うように茉莉は落ち着きを取り戻していった。血液の流れが穏やかな速度に戻ったので顔にも血の気が戻ってくる。ゆっくり顔を上げて目を開くと、そこには自分より顔色を悪くした和人がいた。その瞬間、ああダメだと悟った。笑顔を絶やさなかった彼が、ホラー映画の主人公みたいに恐怖に支配された顔をして見下ろしていた。

「ごめんね。もう平気」

「平気って……本当に？　大丈夫なの？　病院行こうか？」

「いいの。走ったのなんて久しぶりだったから。心配かけてごめんね」

立ち上がろうとするとすかさず和人が手を添えてくる。幼児を扱うような怖々とした手つきだったので苦笑してしまった。

近くのベンチに座らされると和人は茉莉の様子を隅々まで確認するように見つめてくる。そして「ちょっと待ってて」と言うと、すごい勢いで駆け出して公園を出て行ってしまった。ぽかんとその後ろ姿を見送りながら、まさか怖がられて逃げた？　と最悪な想像が茉莉の中で固まってしまうより早く、またすごい勢いで和人は公園へ戻ってきた。

その手には臙脂色《えんじいろ》の古びた自転車が引かれていた。

あっけにとられている茉莉の前に息を切らした和人は立つと、じっと彼女の様子をうかがってから少し安堵したように相好《そうごう》を崩した。

「顔色、元に戻ってきたね」

そう言うと自転車の前かごからスポーツドリンクの缶を取ってプルトップを開ける。

「水分、取った方がいいと思って。でもひとりにしちゃってごめんね。不安だったよね」

冷えた缶を茉莉の手に握らせながらベンチの隣に腰を下ろした。

「あり、がとう……」

とりあえずお礼を言い、冷えた缶に口をつける。喉の奥に流れ込んできたスポーツドリンクは冷や汗をかいた体の隅々まで染み渡るようにおいしかった。血管が広がり血流が素直に流れ出していくような感じがすると、呼吸は更に楽になった。体が軽くなるのがわかる。脱水症状も改善されたのだろう。まさに命の水だった。

「ありがとう、カズくん。とっても楽になってきたよ」

「ならよかった」

茉莉の表情が言葉通りだったのか、和人はだいぶ安堵したように見えた。

「ねえ。その自転車、どうしたの？」

「学校の西門出てすぐのところに駄菓子屋あったの覚えてるかな？」

「……あ、愛想の悪いおばあちゃんがいるところ？」

「そうそう」

小学生の溜まり場だった店だ。茉莉の記憶にも鮮明に残っていた。

「あのおばあさんはもうなくなったんだけど、店はまだやってるんだ。そこのおばちゃんに頼んで借りてきた」

「どうして」

「もう少し落ち着いたら、お姉さんの家まで送っていくよ。歩くより楽だろ？」

ごくん、と飲み込んだドリンクよりも甘くみずみずしいものがおなかの中に落ちてくる。それはとろんとしていて、ゆっくりと体の深くに沁み込んでいった。

そこで充分体を休ませると、茉莉の顔にはいつものような赤みが戻ってきた。だから自転車は大袈裟《おおげさ》だからいいよ、と断ったけれど和人は譲らない。

（そりゃ、人が倒れるところなんてなかなか見慣れないもんね……）

改めて自分の失態を恥じながら、茉莉はしぶしぶ和人の申し出を受け入れ、自転車の後ろに座った。

「ちゃんと俺に掴まっててね。少しでも眩暈《めまい》がしたり具合が悪くなったら言ってね」

「はい、わかりました」

和人の腰に腕を巻き付けると、前から張り切った声が「出発」と号令をかけた。

動き出した自転車は、少しずつバランスが整ってくると滑らかに走り出した。

公園沿いの日陰を和人はゆっくり走ってくれる。春には薄ピンク色で染まっていただろう通りは、青々とした新緑の葉の1枚1枚が太陽の光に縁どられてキラキラと輝いていた。見上げるとこんもりと重なり合う葉と葉の隙間から木漏れ日が明滅するように額や頬に落ちてくる。息を吸い込むと、萌えた若葉のふくよかな味がした。

太陽の輝きはスポットライトのように2人に注がれ、どこまでもついてくる。住宅街に入ると、ところどころから生活の喧騒《けんそう》が聞こえてくる。掃除機の音、子供を呼ぶ声、テレビのくぐもった音声。お昼ご飯を作りはじめているのかいい匂いもした。ブロック塀の上でまどろんでいた猫が、ふわあっとあくびをするのが見えて、こちらも自然と笑顔になった。

住宅街から昔ながらの商店街へと曲がる。

車で走るのとは違い、全身に直接流れ込んでくる街の雰囲気は目に見えなくても粒子のように空気の中に溶け込んでいて、茉莉の記憶を次々と呼び起こしていた。

「あそこ、あのお総菜屋さんのポテトサラダ、おいしかった」

「あ〜俺も好きだよ。メンチカツも最高」

「キャベツみっちりの？」

「そうそう！　あとそこのどら焼き屋は来たことある？」

「ある！　お父さんが時々お土産《みやげ》で買ってきてくれて、うれしかったな。あ、そこのたこ焼き屋さん閉まってる」

「おばあちゃん、結構前に亡くなったみたいでもうずっとやってないよ」

「そうなんだ。おいしかったのになぁ〜」

「茉莉ちゃん、食べ物のことはよく覚えてるんだね」

前から和人の笑い声がして、茉莉は恥ずかしくなった。けれど、記憶の糸は絡んでいたところがひとつほどけると、さらさらとほどけて、そこかしこに幼い頃の自分を見つけることができた。

「もう今は駅前に大きなスーパーができてこっちまで買い物に来る人いなくなってるよ。あと車で少し行くとショッピングモールなんかもできたしね」

「そう……。なんだか寂しいね」

「子供の頃はこの商店街がワンダーランドに見えていたのにね」

和人の言葉に頷いた。

懐かしい思い出の時間を通り抜けるように商店街を出ると、桔梗の家のすぐそばにある中学校の校舎が見えてきた。

　そこで茉莉はふと気づく。

（今日は、これでお別れ……？　あさって、東京に帰るのに？）

　懐かしい映画がぷつんと切れたように、目の前が真っ暗になる。つい今しがたまで満たされていた部分が、潮が引いていくように静けさに包まれた。真夏の浜に立ち並ぶ海の家が壊されていくのを冷たくなった風の中で眺めているような心もとない気持ちが茉莉の中に広がっていく。

　お別れ、の一言の重みがびっくりするほど寂しさを連れてきていた。

　その時、学校のチャイムが高らかに鳴り響いた。それを追いかけるようにして市役所か何かのサイレンに似たチャイムも鳴り響く。正午を知らせる合図だ。

「ねえ、カズくん」

　茉莉は和人の背中のシャツをひっぱった。自転車を止めた和人がその場で振り返る。

「また調子悪い？」

「違うの。もうあれは心配いらないから。あのね、なんか、」

　戸惑いながらも茉莉は意を決して言った。

「おなかすかない？　ごはん、一緒に食べようよ」

　和人は何を言われたのかわからないようなぽかんとした顔でしばらく茉莉を見つめ

た後、「た、食べよう！」と叫ぶように言った。

茉莉を近所の神社で降ろすと、和人は自転車を走らせて昼食を買いに行った。

茉莉からの思わぬ申し出に困惑しているようだったけれど茉莉自身も自分の言葉に困惑していた。

常住の宮司もいない神社の境内は放課後になれば小学生の遊び場で、彼らが帰った後は部活帰りの中学生のおしゃべりの場だ。茉莉も低学年の頃よくここでゴム飛びをして遊んだことがある。かくれんぼも缶蹴りもした。ここも子供の『ワンダーランド』のひとつだ。

境内にある銀杏の緑色の葉がさらさらと揺れている。その音に耳を澄ませながら、風に身をゆだねているとやがて和人が戻ってきた。

２人が座る間に総菜やおにぎりが並べられた。

「さっぱりしたものがよかったらコンビニでゼリーとかも買ってくるけど」

「ううん。こっち、食べたい」

茉莉は懐かしい味を指さして嬉しそうに笑った。

けれどおかしなことに、子供の頃は世界一おいしいと思っていたポテトサラダもキャベツがみっちり入ったメンチカツも記憶の中より味が落ちているように感じた。

「店長さんが変わったのかな」

「茉莉ちゃんがそれだけ大人になったってことだよ。これよりたくさんおいしいものを知っちゃったんだ」

「そういうものか……」

「そういうものさ」

「でもこうやって外で食べるとおいしいね」

茉莉は大きな口を開けておにぎりにかぶりついた。

「食欲もあるし、もう大丈夫みたいだね、体」

「もうすっかり。心配してくれてありがとうございました」

深々と頭を下げると、和人は満足そうに微笑んでメンチカツに噛みついた。ザクッという揚げたてのいい音が響いた。思い出を交換しながら懐かしい話をして食事を平らげてしまうと、和人の口から『帰ろう』が出てきそうで、それを阻止するように茉莉はしゃべり続けていた。

「それにしてもさっきは捕まらなくてよかったね。やっぱり最近は勝手に小学校に入っちゃいけないんだよね。怖い事件多いし」

「休みの日はいつも野球部につきっきりなんだ。だから校舎に入っても見つからないと思ったんだけどな」

「校務員さんの動向まで知ってるの？」

「言っただろ。お散歩コースだって」

呆《あき》れたように茉莉が笑うと、和人は真面目な顔をしてひとりごちるような声で言った。

「焦って逃げたりしないでちゃんと話せばよかったんだ。そうすれば茉莉ちゃんにあんなに苦しい思いをさせずにすんだ。ほんの些細なことだったのに、俺が焦ったりビビったりちゃんと判断できなかったから」

それっきり黙り込んでしまう。重い沈黙に沈んでいく空気をどうにかしようと茉莉は焦る。

何かに思いを巡らせている和人の横顔は、今回のことが引き金になって和人の中でいつもと違う扉が開いてしまっているかのように見えた。

「カズくん、わたしは本当に元気だから気にしないでね」

「いや、うん……」

「ごはんだっていっぱい食べるの見たでしょ。味が落ちたのかななんて言いながらポテサラもメンチも全部食べちゃったし、デザートにどら焼きまでぺろりだし、もしたこ焼き屋さんが健在だったら、たこ焼きだって完食してるはずだし」

「食欲旺盛だね、茉莉ちゃん」

「食いしん坊だからね」

肩をすくめて笑うと、和人も気を取り直したような顔を見せてくれる。和人を落ち込ませたくなかった。だから決心が鈍らないうちに衝動に任せて訊いてみる。

「何か、気にかかってることがあるの？」

その言葉に和人の雰囲気が微妙に変化したのが見て取れた。軽やかに戻りかけていた空気がまた重く沈んだ気がした。けれど今度は和人がひとりで沈んだのではない。ちゃんと茉莉がその手を握っている。いつでも引き上げる、そういう意思のあるまなざしで和人を見つめた。

ためらっている和人を茉莉は静かに待った。

やがて、ぽつぽつと和人が語りだしたのは、かなり彼のプライベートに迫る話だった。

「周りにいる人が見えていないって、家族によく言われるんだ。だから今回も茉莉ちゃんの様子に気づかなかった。一事が万事ってこういうことだな」

くしゃくしゃっと乱暴に髪を掻くと、顔を覆うようにして和人は苦しそうに言った。

「『神童』なんて言われて育ったからだ」

茶道の家元の長男として和人は周囲から多大なる期待を一身に浴びて育ってきた。

中でもその才能を慈しんだのは家元である父親だったそうだ。

「だけど10歳を前にしてぶっ壊れたんだ。パニック障害って言ったかな。神童崩壊だよ」

和人は自嘲的な笑みを浮かべて吐き捨てるように言った。

精神科医の勧めもあり都会を離れ母方の実家のあるこの街にやってきたのが小学校2年生だったという。そしていまだに和人はこの街にいる。

「お茶はもうやらないの？」

恐る恐る茉莉は訊いてみた。

和人は無意識のような手つきで顎の先を撫ぜながら眼差しを遠くに向ける。やがて、記憶を辿るような口調で言った。

「だから絵に夢中になってる茉莉ちゃんが羨ましかったんだな……。俺はお稽古にあんなに夢中になれなかったから」

目の前に小学生の頃の自分をつれて来られたようで、茉莉は気恥ずかしかった。

「だからさ、他のことなら夢中になれるのかなって、今までいろいろやってきたんだ。あらゆるスポーツに手を出してみた。大学ではゼミの壁を越えて意欲的に学んだ。ある程度の結果を残せる能力はあったけれど結局どれもやめてしまったのは、あの頃の茉莉ちゃんみたいに夢中になってなかったから」

「子どもの夢中を指針にしないでよ」

茉莉が呆れた声を出す。けれど和人は胸を張って答えた。

「憧れだったたって言っただろ」

作品が評価されなかった一件を思い出して茉莉は視線を落とす。足元で木漏れ日がキラキラと軽やかに踊っている。和人に嘘をついている罪悪感が胸を締め付けた。

「あんなふうになれるもの、見つけたいよ、俺も」

「それがお茶なら丸く収まるのにね」

軽い気持ちで言ってしまってから、すぐにしまったと思った。和人が深い哀しみと苦悩を綯《な》い交《ま》ぜにした表情をほんの一瞬見せた。謝罪の言葉が茉莉の唇に乗るより早く、和人はベンチから立ち上がると、大きく全身を伸ばして空に顔を向けた。

さけられた？　怒らせた？　無神経だと思われた？　嫌われた？……　戦慄が背中を走ったように感じた。

和人の白いシャツの背中を見ていられなくてうなだれてしまうと、その勢いで鼻の奥がツンとした。

泣きたくなっている自分に驚いて、慌てて鼻先をぎゅっと握った。泣きたいことなんて何も起きてないのにと、茉莉は全力で自分に言い聞かせた。

優しくされて調子に乗って、憧れなんて言われて偉そうなことを言ってしまった。

それは悪かった。でも泣くほどのことじゃない。一緒にいる女が突然泣き出したら和人だって迷惑だ。それこそもう誘わないでおこうと警戒する。

そこまで考えて、茉莉は気が付いた。

どうせ自分は東京に帰るのだ。どのみち和人とこんなふうに話すことはもうないだろう。

同窓会だったり、小学校だったりと過去の時間に浸っていたせいで忘れていたけれど、現実の自分たちは違う土地に住み違う人生を歩んでいる。今だって、和人と重ねている時間は互いの過去の答え合わせみたいなものだ。

握っていた鼻先から手を離した。もう痛みはなかった。

「なんかごめんね、長々とこんな話聞かせて」

振り返った和人はけろりとした様子でベンチに座りなおす。茉莉は目を合わせないまま膝の上で軽く手を振りながら、

「ううん。いろいろ聞かせてくれてありがとう」

「よくわかんないよね、神童だの家元だのなんてさ」

「確かに別世界って感じでよくわからないんだけど……でも、ちょっとわかるところもあるよ」

茉莉の返事が意外だったのか、和人は茉莉の顔を覗き込んでくる。和人の視線を感

じて横を向くと思いのほか真剣な顔つきで和人はこちらを見つめていた。茉莉は慌てて頭の中に散らかっている散文的な言葉をまとめていく。

「……わたしは凡人だけど、中途半端で居場所が見つからない、ってところかな」

「茉莉ちゃんは居場所がある人なのに？」

「カズくんにはないの？」

訊き返すと和人は口をつぐんだ。

何かに思いをはせている和人の横顔を眺めながら、今日さよならしたらもう会えないんだなと茉莉はぼんやりと思った。でもきっとその方がいい。幼い頃の思い出が全部ここに置いてあるように、今日の出来事もここに置いて帰ろう。そしてまたいつもの日常をいつも通りに送るのだ。心のパーツを入れ替えるようにして勢いよく顔を上げた。キラキラした木漏れ日が茉莉の頰の上で躍った。

「あーあ、めんどくせ」

和人は言葉も体も投げ出すようにベンチに深くもたれこんだ。

「投げやりだなぁ」

「茉莉ちゃんはいいよ。仕事楽しいんだろ？　それってすごいんだ。ラッキーなんだ。持ってるヤツは大体気付かないんだよ。自分が恵まれてるってこと」

「そうだね」

嘘のない、同意だった。

夏へ向かう風は、気持ちよく2人を包み込む。けれど心の中まで健やかな気持ちにはさせてくれない。

一体何を手にすれば、何かが足りないと焦る気持ちは消え去るのだろう。抱えている焦燥感は思春期の頃と変わっていないのにあの頃とはもう違う。25歳じゃ誰も同情してくれない。とっくに大人と呼ばれる年齢で、無限にあったはずの選択肢はいつの間にか数えるほどしかなくなっている。その中からこの先の生きる道を自分自身で選択するしかないのだ。

「めんどくさいね……」

ぽつんと漏らすと、和人はきょとんとした。

茉莉は最後まで和人に自分の話はしなかった。

そうして2日後、東京へ戻った。帰り道は雨だった。車窓の外に立ち並ぶ建物たちは東京が近づくにつれぐんぐん高く伸びていく。緑色は徐々に消えてモノトーンに変わっていく。いつもならもっと露骨に見える景色の変化は雨にけぶっているせいで水を含みすぎた水彩画のようにぼんやりとしていた。あの街に比べたらこちらの方がずっと匿名性が強いはずなのに、雨水がはぜるガラスに映る顔からポロポロと塗り固めていたものが剝がれ落ちてくる。

東京のＯＬを演じきった。濡れたホームに降り立った茉莉から虚無感がすっと引いていく。そのあとを安堵感がふんわりと覆っていった。


カズくんとはもう会わない。会わない方がよかった。

だってわたしは、誰かを好きになったりしない。

目を閉じるとすぐに浮かぶ。そういうのが今は居心地悪い。工作室の思い出だけでもう何も要らないのに。

出逢わなければよかった。

だけどもう、出逢ってしまった。

ちょっとした好奇心だった。けれど、好奇心なんかで和人の苦悩を覗き見た自分がすぐに恥ずかしくなった。

11

東京へ戻った茉莉は、布を買いに行くついでと自分に言い訳をし、インターネットで調べた和人の実家を見にいってしまった。

神田という都心にありながらそこだけ違う時間が流れているような厳かな佇《たたず》まいだった。緑の静寂に囲まれた和風建築の屋敷は堂々としていて迫力があり、刻んできた歴史とそこに住まう人間の格式の高さを思わせた。

重厚な門の柱に掲げられた『桐庵流《とうあんりゅう》』の看板を見上げた時、和人の憂鬱そうな横顔を思い出した。しばらくそこに立ちつくしていると女性たちのざわめきが聞こえてきて、慌てて通行人を装った。買いたての布を両手で握りしめながらすれ違ったのは、品のいい身なりをした婦人の集団だった。騒がしくないトーンで楽しそうにおしゃべりをしながら彼女たちは後ろの門の中へと吸い込まれていった。生徒さんだろうか。

茉莉は足を止めてもう一度振り返った。

和人はいずれあんな人たちの上に立つのだろうか。あの子がこんな大きな家を取り仕切れるのだろうか。茶道の世界がどういうものなのか知らないけれど安易なものではないと屋敷が醸し出している威厳から充分に伝わってくる。

携帯電話のメール確認をする。圏外にいたわけじゃないのだからメールが来れば当然気付いているはずで、着信音がなかった以上来ているわけがないのだ。最初に返事を返さなかったのは自分だ。来ないように自分が仕向けたくせに、来ないことが寂しいなんて矛盾している。

美幸の住所を調べるために出しっぱなしにしていた卒業文集を、帰って来て一番に見た。

和人はおぼろげな記憶の中よりもっと精悍な顔をしていた。茉莉がいつか縫ったのかもしれない白いシャツを着て黒いズボンを穿いた私立のお坊ちゃまみたいな服装は、田舎の小学生の中で明らかに浮いていた。耳が隠れるくらいまで伸びたストレートの黒髪の少年はその風貌だけで異端児の雰囲気を醸し出していた。文集を読むと、将来は宇宙飛行士になりたいですと書いてあった。どうすれば宇宙飛行士になれるのか明確なプランが立てられていて、どうしてそうなりたいかという問いに、僕は空が飛びたいと、はっきりとした綺麗な字で書かれていた。神童の記録を目の当たりにすると、笑いが込み上げて来て和人と一緒にいた時のように声を出して笑った。

生意気で大人びた子供が、初恋のタケルより愛しかった。

群馬で過ごした数日は、まるで発病する前の思い出のように、煌めいた記憶だった。

また夏が来て、茉莉は26歳になった。

あっという間に時が流れていく。

毎年誕生日には桔梗が焼いてくれるケーキの匂いが家中に漂っていたけれど、今年はあの甘い匂いもしなければにぎやかな声もなく、家は静かだった。

イベントのための原稿を大分仕上げ一段落ついていると、家の電話が鳴った。時計を見上げるともう7時になっていた。ディスプレーに群馬の市外局番が記されているのを見て、親戚だろうかと慌てて受話器を取った。

「もしもし、高林です」

「あの、真部と申しますが、茉莉さんはご在宅でしょうか」

どこかの勧誘マニュアルのような口調だったけれど、それが和人の声であることはすぐにわかった。携帯番号を知っているはずなのに、自宅にかけてくるのは反則だ。

逃げようがない。

「あの……カズくん？」

「茉莉ちゃん？」

和人の声だった。3ヶ月ぶりの『茉莉ちゃん』に胸が締めつけられた。

「元気？　ごめんね、電話しちゃって」

「ううん。よくわかったね、家電《いえでん》」

「この間偶然お姉さんに会ったんだ。それでこう……。それよりも！　茉莉ちゃん、誕生日おめでとう」

　きっと偶然出会った姉から家の電話番号を聞き出したのだろう。桔梗は警戒心のまったくない人だから、小学校の友人だと言えばすぐに教えたはずだ。

　和人は携帯電話にかけても茉莉が出ないと思い、わざわざ自宅の電話番号をつきとめかけてきたのだろう。

　焦っている様子で早口で話す和人から、彼の不安や戸惑いが伝わってきて茉莉は罪悪感で胸が痛んだ。

「今日誕生日でしょ？　あ、これは覚えてたんじゃないよ。小学校の文集見つけたから見てみたら書いてあっただけだからね」

「……うん。そっか。どうもありがとう」

「うん」

「カズくんは七夕さま生まれだから？　将来宇宙飛行士になりたいって書いてあったね」

「見たの？　そうだね、今から訓練しようかな」

「カズくんならできそうで怖い」

茉莉が笑うと、受話器の向こうで和人も笑った。

「茉莉ちゃんはやっぱり漫画家になりたいって書いてあったね」

「そう？」

「うん。あ、もうお仕事終わったんだね、おつかれさん」

「あ、うん。今日は早かったの」

「誕生日なのに働けないよね」

「そうだね」

和人は嘘をすんなり受け入れる。和人も会社や仕事といった枠組みにあかるくない。

誕生日の夜7時きっかりに家にいるOLを、寂しいとか思わないのだろうか。

「茉莉ちゃん、今何してるの？」

「え……っと……。今帰って来たところなの」

「そう。じゃあこれから家族でパーティーだね」

「もうそんな歳じゃないよ。誕生日なんかおめでたくない」

「そうかな。26歳の誕生日は1回だけだよ。ちゃんとケーキ食べて、ご馳走作ってもらいなよ。プレゼントはもらえた？」

今はないのかもしれないけれど、きっと和人はおばあさんにケーキを買ってもらい、ご馳走を作ってもらい、プレゼントをもらったのだろう。あの生意気そうなガキが、それなりに喜んだりしたんだろうかと想像すると笑えた。

「友達からＤＶＤもらった。あと、桔梗ちゃん……お姉ちゃんから指輪とお花もらった」

「へぇ。どんなの？」

「ペリドット、誕生石がついた指輪と、茉莉花」

「うわー、いいね。優しいお姉ちゃんだね。話した時もすごく感じのいい人だった」

「そうでしょ。わたしもお姉ちゃんの誕生日には桔梗の花をあげるの。なんか決まりごとみたいになってるんだ」

「いーねそれ。仲のいい姉妹なんだね」

和人の声が耳に近い。くすぐったくて声がはしゃいで心が震える。エアコンのついていないリビングは熱が籠っていて、立っているだけで汗が噴き出してくる。茉莉はその場に座り込んで膝を抱えて顔を埋めた。

「茉莉ちゃん、お盆過ぎに会えないかな」

和人の申し出に、ハッとして顔を上げる。

「お盆に東京に帰るんだ。ずっと家にいなきゃなんないんだけど、18日以降に会えないかな。会社ってその頃はもう始まってるのかな？」

「大丈夫！　お盆に仕事があるから、逆に都合がいい……」

「本当？　よかった。また連絡するよ」

「メールして。待ってるから」

「うん、ありがとう」

会わない方がいいと戒めてきた気持ちをあっさりと破った自分への罪悪感に苦い気持ちが広がる。けれど会える喜びの甘美の方が遥かに凌駕していた。

「電話、どうもありがとう」

「誕生日は1回だからね」

「そうだね。ありがとう。今度はわたしが七夕に電話するよ」

「ホントに？　期待して待っとく」

1年後、2人がどうなっていても必ずおめでとうを言おうと思った。あと4回、言えたらいいなと茉莉は思った。


イベントは前後左右をオタクに揉《も》まれながら、この日のために何日もかけて作り上げた衣装をお披露目して満喫した。仲間たちとたくさん笑い合い、たくさん写真を撮り合った。

「茉莉、最近絶好調だね」

イベント後の飲み会を終え、沙苗と2人、同じ電車に乗る。

「本のペースもいいし、コス衣装の腕も上がったよね」

「愛だよ、愛」

「茉莉もオタクになったなぁー」

「うわ、その言い方やめてよー」

茉莉が眉をひそめると、沙苗はカラカラと笑った。

「でもまぁいいや。楽しいから」

「そうだよ、人生楽しんだ者勝ちだよね」

「沙苗ちゃんはさ、今までこう、進路に悩むとか、楽しいことないかなーとかって、苛々したりしたことない？」

最終に近い車内には疲れきったサラリーマンと遊び疲れた学生がぐったりとシートに凭《もた》れていて気だるい空気が充満している。隣に座る沙苗が目をぱちくりさせて言った。

「わたしだってあるよ」

「そうなんだ」

「当たり前じゃん。わたしだって結構悩むよー。スランプに陥ると抜け出せなくてつらいし。コスプレ衣装が思うようにできなきゃ焦るし。それにさー、このままでいいのかなぁとも時々思う」

　ほろ酔いの沙苗が色っぽい溜息を吐いた。ミニスカートの足をお構いなく組んで足先に引っかかっているサンダルをぶらぶらさせながら沙苗は続けた。

「だってもう26じゃん？　周りは結婚するし、子供とかできちゃってるし、楽しいからっていつまでもこのままでいいのかなって」

「確実なもの、が欲しかったりする？」

　茉莉の質問に沙苗は目で訊き返してくる。茉莉はあまり深刻にならないような声色で言った。

「結婚だったり、仕事だったり……」

「そうねー。親からは自立してるつもりだけど、自分が今どの位置にいるのかは、よくわかんないかな。楽しいんだけどひとりになるといつもどっか不安みたいのはあるよ。茉莉は？」

「わたしは毎日だよ」

　茉莉が笑うと、沙苗はその意味を理解した上で小さく笑い返してくる。

　窓に映る互いの顔を眺めながら、沙苗は茉莉の肩に頭を寄せた。

「もし、付き合ってる人がいたら結婚した方が楽かなとか、思っちゃうかもしれない。結婚すればとりあえず、こーゆー悩みからは解放されるわけでしょ。でも結局、楽と思ってする結婚なんて現実になったらやっぱりつらくなって逃げ出したくなるだろうし、自由気ままにやってる今がいいのかな、とも思う」

「揺れるね」

「揺れるよ。まあ、仮定の話だけどさ。それでも揺れる」

沙苗は足先のペディキュアに視線を落として呟くように言う。確証はなかったけれど、なんとなくその言い方が引っかかった。

「もしかして、誰かいる？　本当に仮定の話？」

茉莉が間を詰めると、沙苗の日焼けしていない頬がサッと赤らんだ。

電車が駅に着き、２人は降りたホームのベンチにまた座り直した。誰もいない夜更けのホームには昼間焼かれたコンクリートに安らぎをもたらすようなやさしい風が吹く。昼間の喧騒は遥かに遠のき静寂に満たされていた。

「好きってわけじゃないんだよ。でも好きって言われると悩む。いい人だし、パソコンとかも詳しいから話も合うし、一緒にご飯食べに行っても疲れなくて」

「そーゆーのって大事だよね」

「付き合えばいいって思う？」

沙苗がウエーブのかかった髪を耳にかけながら、こちらを向く。自信に満ち溢れた眩《まばゆ》い笑顔でヒロインの衣装を纏っていた昼間からは似ても似つかないほど、照れながら話す沙苗は心細い子供のような顔をしていた。

「一緒にいて楽しい人って好きになる確率があるんじゃないかな。付き合ってみるのもいいと思うよ」

「男と付き合いながら原稿できるかな？」

縋《すが》るように訊いてくる沙苗に、茉莉は声を出して笑った。

「愛でしょ！　クロボへの愛があればできる！」

「そうかなぁ」

「そうだよ！　とりあえず始めなきゃ何もわからないけど。修羅場になったらわたしが助けるから！」

「茉莉！　いい人すぎ！」

「沙苗ちゃんは師匠ですからね」

沙苗は解放されたような顔で茉莉をギュッと抱き締めた。夜風が2人の足元を抜けていく。ほんのり冷たさを感じた風に秋の気配が垣間見えた。

「沙苗ちゃん」

「んー？」

「頑張って」

キャミソールの背中を叩いて、茉莉は呟くように言った。

2人は一緒に立ち上がると子供のように手を繋いだ。優しい彼女の恋がうまくいきますように。羨望をサンダルの裏で踏み潰して、茉莉はぎゅっと沙苗の手を握り締めた。


今一瞬ですべてが叶うことをいつも願ってる。

すべては自分で選んで自分で進まなきゃいけないって、いっぱいいっぱい痛い思いをして、その傷で知ったはずなのに、心はいつも晴れない。全部手に入れた人って何が見えるんだろう。

わたしは何が欲しい？

ああ、時間か。一番いらないものだったはずなのに浮かんだ選択肢。同時に浮かぶあの人の笑顔。

命に執着を持っちゃダメよ。

死ぬことが怖くなったら、わたしはもう笑えなくなるんだから。

12

お盆を過ぎ、街が通常に戻りきった頃、茉莉と和人は東京で再会した。

白いTシャツを着て水色のメッシュキャップを被った和人は、大分短く髪を切っていて顎のラインがさっぱりしていた。駅の雑踏の中でも髪型を変えていても、茉莉はすぐに和人を見つけられた。相変わらず無駄な脂肪が1グラムもないような細身の体をしているけれど、よく日に焼けていてたくましく見えた。

「久しぶり、茉莉ちゃん！」

真っ白の歯が綺麗に並ぶ。えくぼが懐かしかった。

新しく揃えたワンピースとミュールは、雑誌のモデルが着ていた通りに上から下まで真似して買った。

「暑いねー！」

「どっか入る？」

「なんか飲もう。それから東京観光しよ」

「観光って、カズくんだって東京の人でしょ？」

「じゃあ茉莉ちゃんは浅草とか東京タワーとか新宿御苑《ぎょえん》とか、何度も行ったことある？」

「ないけど……」

「じゃあ行こう」

和人は満足げに笑った。

お盆を過ぎたといってもまだ夏休み進行中の街はごった返していて、２人は人を避けながらくっついたり離れたりしながら歩いた。

「群馬からはいつ来たの？」

「ん、10日ごろ」

「ずっと家に？」

「うん。大きな茶会があってね。裏方の手伝いしてた。ただの雑用だけでつまらなかったよ。どうせ俺、何もできないからしょうがないんだけどね」

あの重厚な屋敷が脳裏に浮かぶ。またストレスで体がおかしくなったりしないだろうか。屋敷を目の当たりにしたせいで過剰に考えてしまう。やっぱり見に行かなければよかったと後悔で心が淀んだ。

２人は蕎麦《そば》を食べに浅草へ行って、修学旅行生のように土産物屋を覗き、浅草寺で煙を浴びた。東京タワーに上り、上からミニチュアの街を一緒に見下ろして、目線と同じ高さにある空を一緒に眺めた。群馬で見上げたあの空よりも、もっと突き抜けた青をしている真夏の空は一点の曇りもない。迷いのない真夏の青空が茉莉の心を少しずつ晴らしてくれる。けれど空よりもっと曇りのない和人の笑顔が茉莉の心を癒してくれた。

和人ははしゃいだ声で楽しい話をして茉莉を笑わせてくれた。一緒にいて楽しい人って、好きになる確率があるんじゃないかな……と沙苗に言った言葉が耳に蘇《よみがえ》る。

和人と一緒にいると、知らぬ間に彼で一杯になってしまう。彼しか見えなくなって、自分さえ忘れてしまう。ふと消えかける自分を、茉莉は精一杯繋ぎ止めていた。

新宿御苑をのんびり歩いていると、木陰で写生をしている男の子がいた。画板に黄色い水入れ、青い絵の具バッグ。一心に冴え冴えとした緑を描く頰に大粒の汗が光る。

「上手だね。夏休みの宿題？」

和人は膝を折ると気軽に話しかけた。子供は訝《いぶか》しげな表情をしたけれど、柔和な和人の笑顔を見ると素直に頷いて見せた。

「がんばってな」

「ありがとう」

「水筒のお水、ちゃんと飲むんだぞ」

母親にも同じことを言われたのか、少年は思い出したように横に置かれた水筒を取り上げてまたありがとうと言った。

「懐かしいね、写生」

「よくやったよね。動物園とか行ったような……」

「行った！　わたしキリン描いたもん」

「茉莉ちゃんはうまかったよね。いつも廊下に貼ってあった」

「わたしずっと美術部だったんだよ」

「そうなんだ！　やっぱ描いてたんだ！」

緑の中を歩きながら、和人がはしゃいだ声で嬉しそうに言った。

「本当はね、漫画描いたの。でも出版社に持っていったらダメって言われた。わたしの漫画は商品にはならないって」

「そうなの？」

「うん、キッパリね。この間タケルくんに漫画の話されて思わず嘘ついちゃったけど、本当はそんなこととしてみたりね」

「すごいじゃん！」

和人が足を止める。芝生の真ん中で茉莉も足を止めた。

「でもダメだったんだよ」

「もう諦めたの？」

和人の目に捉えられると、茉莉は言い淀む。

「諦めるなよ。そこまでできたこと、簡単に諦めちゃダメだ。好きなことは諦めちゃダメだ」

和人が真剣な顔でキッパリ言った。

「……ありがとう」

どうしても惹《ひ》かれてしまう。

ミュールの頼りない足に、茉莉は力を込めた。落ちていいはずのない場所へ、勝手に落ちてしまわぬように。


日が傾き、大分過ごしやすい時間になってから御苑を出て街へ戻り、お洒落なカフェで一息つくと、和人が思い出したように言う。

「あ、茉莉ちゃん明日暇?」

「明日? 随分急ね。カズくんはいつも急だね」

「ごめん。俺、カレンダーの生活してないから、つい……」

「いいよ。何?」

「明日、海行かない?」

小さなテーブルに肘をついて和人は顔を輝かせた。

「サーフィンやりに行くんだ。高校の頃からつるんでるサーファー仲間が鎌倉にいるんだ。だから茉莉ちゃんもどう？」

「サーフィンなんかできないよ！」

「まっさか！　ただ海で遊ぼうって話。いいヤツばっかりだから、仲良しになれると思うよ」

和人は声を弾ませる。茉莉はピーチスカッシュの氷をカラリと回した。

「水着持ってないもん……」

「マジで⁉　じゃあ今から買いに行こうよ！　俺に選ばせて！」

「嫌だ！」

「茉莉ちゃんに、かわいいの選ばせてよ」

必殺の癒し系スマイルに、茉莉は反論を抑えた。

「だめ？」

その顔で訊くな、バカ！　残りのピーチスカッシュを一気に飲み干すと、茉莉は頷くしかなかった。

デパートの水着コーナーはどこよりも賑わっていた。和人は玩具コーナーに迷い込んだ子供のようにあちこちはしゃいで見ている。目を離した隙にどこかに行かれては和人の方が困るんじゃないかと、茉莉は和人の後をくっついていった。

「これは？」

「いや」

「じゃあ、これは？」

和人が指差す水着はグラマラスなデザインばかりで、茉莉はそんなもの着られないと端から断っていくのでなかなか決まらない。

「これは？　かわいいよ」

清々しい水色のビキニは茉莉の好きな色で白の紐《ひも》がかわいらしかった。茉莉が手を伸ばすと和人の顔に輝きがさした。けれどその次の瞬間、茉莉は弾かれたように手を引っ込めた。

和人を残し水着コーナーを一目散に飛び出していく。突然背を向けた茉莉を、和人は慌てて追いかけた。

「茉莉ちゃん？　どうしたの、茉莉ちゃん！」

和人の声を避けるように小走りにエスカレーターまで来ると、茉莉は人ごみを縫って駆け下りていく。1階のコスメコーナーを一気に突っ切ってデパートを出かけたところで、和人が茉莉を捕まえた。

怪訝というより焦った顔で和人は茉莉を見下ろした。自分がまた何かしでかしたのだろうかと必死に考えているようだ。茉莉はどうやってこの場を切り抜けようかと動転している頭で考えた。

「ご、ごめん……」

「いいよ。どうしたの？　俺が……」

「違う、カズくんのせいじゃない。ちょっと急用思い出したの。もう帰らないと」

「え……あ、じゃあ明日……」

「ごめん、明日もダメだった。忘れてたの、ごめんなさい」

あからさまに落胆している和人を慰める言葉を捜すけれど、自分のことで精一杯になっている茉莉には一言も思い浮かばなかった。

狼狽《ろうばい》する自分を抑え込むように唇を噛み締めた。迫り上がってくる涙を無理やり飲み込むと胸の中心に鋭利なものが刺し込まれたような激痛が走った。

「帰るなら送るよ」

「いい……」

「いや、送る」

掴んだ手をそのまま引っ張ってデパートを出る。一言も話さない気まずい空気のまま、和人は切符を買うと同じ電車に乗った。茉莉はシートの端に座り、和人はドアの前に立った。

恐る恐る視線を上げると、和人は腕を組んで車窓から通り過ぎる明かりを眺めている。その強張った表情からはいつもの柔和さが消えていた。ぽたんとワンピースの上に熱い雫がこぼれ落ちてきて茉莉は慌てて指で拭った。

電車を降りて改札を抜ける。どっち？　と訊く和人に指差して方向を示すと和人の方が先を歩いた。茉莉はとぼとぼとその後に続いた。

駅前の小さな商店街はすでに静まり返っていた。母親が利用しているブティックの横の道を入ると、頼りない街灯だけの道が続く。顔を上げると和人の背中が見えた。いつもはひとりで歩く道に、和人がいた。それはなんだか不思議で、とても特別な景色だった。

「もういいよ。すぐだから」

「いいよ。家まで送る」

「入り組んでるから、帰り道わからなくなっちゃうよ」

「そうしたら茉莉ちゃんが俺を駅まで送ってくれる？」

振り返った和人は硬かった表情を徐々に崩して目を細めて言った。

「大丈夫。俺、方向音痴じゃないから。……ありがとう」

その無邪気なやさしさが、今は残酷に感じられた。

表札の前まで来ると、和人は薄明かりに照らされた家を見上げた。

「茉莉ちゃんの部屋は？」

「え、またストーカーみたいなことを」

「あ。ゴメン」

「2階のあのベランダのある部屋」

指差すと、和人がそこを見上げた。

「茉莉ちゃんはずっとここにいたわけか」

「え？」

「群馬からここにいたんだね。今の道を通って、ここに帰るんだ」

「カズくん、本気でストーカー入ってるよ」

茉莉が噴き出すと、和人はしまったという顔をする。

「カズくんは純粋だなぁ。発言が中学生みたい」

「イタイだけでしょ。てか、俺普段はこんなんじゃないいんだけどな。部屋とか訊かないし。何やってんだろ」

「子供の頃を知ってるから、戻ってるんじゃないの？」

くすくすと笑い続ける茉莉に、和人も苦笑して肩を窄めた。

バイバイと言って家に入って、また明日学校で会えればいいのに。26歳の自分が恨めしかった。次の約束をしてもいいのか、どちらからも言い出せなかった。

「明日、楽しんできて」

「うん。また機会があったら行こう」

「その前に夏が終わっちゃうよ」

「俺は秋までやってるし、冬になったらスノーボードもあるし」

アウトドアな人は困る。難題ばかりだと茉莉は苦笑した。

「今日ありがとう。楽しかった」

「俺も。初めて東京のいいとこ見たよ」

「こっちに住むつもりはないの？」

「こっちにいて欲しい？」

和人の目が悪戯に笑う。

「今日は実家に帰るの？」

「いや、友達のとこに泊まる」

「大丈夫？」

「お袋と同じこと訊かないで」

和人が頭を掻いた。

「叱られるよりキツい。大丈夫かって訊かれるの」

「……そう。ごめんなさい」

「ううん。ただ、やっぱり俺、頼りないなって思って」

「わたしはそんな意味じゃ……」

「うん、わかってるよ」

和人の薄い笑顔には見覚えがあった。大丈夫じゃないと叫び出しそうだった病院での自分と姿がだぶった。叫びたくても誰にも叫べなくて、だからいつもこんなふうに笑ってやり過ごしていた。和人を抱きしめてやりたかった。

「……次は、いつ会えるかな」

「そうだね、いつかな」

「群馬のお姉さんのところには来ないの？　そんなに簡単に来られないか」

和人は思い出したように言う。茉莉は力なく笑む。

「またおいで。タケも茉莉ちゃんに会いたがってたよ」

「うん」

「じゃあね」

「今日は本当にありがとう。メール待ってるね」

背を向けかけた和人に未練たっぷりな声で言ってしまった自分に気づいて硬直してしまう。和人はそんな茉莉を見ると口端を上げた。

「そんなこと言うと口説《くど》くよ」

「え……」

「付き合ってくれてありがと。またね」

和人はけろりと言って背を向けると、薄暗い道を小走りに帰っていく。茉莉はその後ろ姿をぼんやり眺めていた。

家に入ると母がおかえりなさいと出迎えてくれた。お風呂沸いてるわよと言うのでそのまま浴室へ向かった。

脱衣所で服を脱ぐ。今日のために買ったキュプラのワンピースはファスナーを外すとするりと足元へ落ちた。ブラ姿の自分と鏡の中で目が合った。

鏡の中の体には胸の谷間から腹部にかけてと、左の脇から背中にかけて、日本刀で切りつけたような傷がある。下着を取り一糸纏わぬ姿になると、醜い体が露《あらわ》になった。

調子にのってビキニなんて手に取った自分が恥ずかしいと、自虐的な気持ちに苛まれた。

初めて手術をした時、容態が少しも変わらなかったことよりも体に大きな傷をつけられたことの方がショックだった。二度目の手術を提案された時は頑《かたく》なに拒んで周囲をはじめて困らせた。かつて誰かが愛してくれた自分の体が切り刻まれることが耐えられなかった。

茉莉を宥《なだ》めたのはベテランの看護師だった。病気がいい方向に向かうかもしれないのよ、傷くらい何よ。21を過ぎたばかりの彼女に、傷が残っても病気が治ればいいじゃないと言った。

結局茉莉は手術に踏み切った。結果、病魔に少しもダメージを与えることなく体に大きな傷がつけ加えられただけになった。

二度と大きく胸元が開いた服もビキニも着られない。どんなにスタイルに気をつけたって、一度自信を失った体に女性としての瑞々しさを蘇らせることはできなかった。

足早に浴室へ飛び込むと、シャワーのコックを捻《ひね》った。頭の上から降り注ぐ熱いお湯の中で、茉莉は声を殺して泣いた。


楽しかった一日の終わりに、どうしてわたしは泣くんだろう。

楽しんだ者勝ちの人生のはずなのに、カズくんといると楽しい後は必ずつらい。楽しい分だけつらい。

つらいのに、もう会いたい。

恋愛感情なんて、一番最初に殺したはずだったのに。

どうかわたしに、死にたくないと思わせないで。

13

「あれ？　この原稿……茉莉、オリジナル描き始めたの？」

ローテーブルにお茶の準備をしていると、パソコンデスクの上にあった原稿を沙苗が見つけてしまった。

「うわ！　見ないでっ！」

「いいじゃない、見せてよ」

「ダメ！　完成したら読んで」

「ふーん、気合入ってるんだ」

沙苗から取り返した原稿を抱きしめて、茉莉はまあねと頷いた。

好きなことは諦めちゃダメだなんて、子供が言うような言葉を和人に言われたことで、茉莉はまたオリジナル漫画を描き始めていた。今度は月野の力を借りず、一般の公募に送るつもりだ。送り先は幼い頃に美幸と憧れた漫画雑誌の出版社にした。

和人とはあれから数回東京で会った。残暑になっても波が恋しいと言っては湘南まで出てくるのだ。

和人はあれから茉莉を海に誘わなかった。同窓会で酒が苦手だと見破ったのと同じで、海を拒否しているのが暗黙のうちに伝わったのだろう。けれど友人には会わせたかったようで、行きつけのサーフショップに連れて行かれると焦げた顔をしたお兄さんやお姉さんたちと飲みに出かけたりした。

礼子が死んでから夏は好きではなかったけれど、今年の夏は和人のおかげでいろんな人に出会えて有意義だった。季節は長かった残暑を終え、短い秋がやってきていた。


月野たちと秋葉原で買い物をした日、御茶ノ水にある喫茶店に行こうとのんびりした街並みをゆっくりと歩いていた。駅前に着くとふと1枚のポスターに目が留まった。

『桐庵流』の文字にハッとした。和人の家だ。

「茉莉？　どうかした？」

信号が青に変わり先を行く沙苗が呼ぶ。慌ててポスターを携帯電話のカメラで撮影すると沙苗たちを追いかけた。

帰りの電車の中で沙苗のラブラブトークを聞き、駅で別れると携帯電話を開く。慌てて撮ったけれど、カメラの性能がいいので小さな文字まではっきりと映っていた。

体験入門茶会の告知だった。

和人のプライベートを勝手に覗き見るみたいで嫌な気もした。けれど、次に和人から電話があった時、茉莉はさりげなく実家に帰る予定はないのか探りを入れた。今のところはないとわかると、翌日体験茶会への申し込みを済ませた。

きっとまた同じ後悔をする。屋敷を見に行った時より自分の首を絞める結果が待っているに違いなかった。それでもよかった。いや、これが彼を諦めるきっかけになればその方がいいのだから。

神田の屋敷の前に立つと、威風堂々とした門構えと『桐庵流』の看板に息を呑んだ。戦場へ向かう兵士の気分で乗り込んでいく。案内された茶室は2棟の先にあった。ひとつは古い趣の洋館と、ひとつは茅葺《かやぶき》屋根の和室。どちらも歴史を感じさせる風合いの建物だった。緑に囲まれた屋敷の中は時の流れが外界とは違っているように感じられた。ずっと昔にタイムスリップしてしまったような錯覚。それともここだけ時が止まっているのだろうか。素晴らしく手入れの行き届いた庭の飛び石の上に立って、茉莉は静かに目を閉じ息を吸い込んだ。苔《こけ》むした土の湿った匂いがする。朝露をこぼして開いた花の匂い。郷愁を覚える木々の匂い。木漏れ日のざわめき、流れる風の通り道、ひんやりとした空気。瞼を開くと、横を白いシャツを着た少年が駆け抜けていくような気がした。過去を今にちゃんと連れてきている場所なのだと感じた。きっとこの庭は、幾年も変わらずにここに在りそしてこの先もここに在り続けるのだろう。

そのことがこの屋敷に格式を持たせているんだ。

すごいな、と素直に茉莉は感動した。歴史を繋いでいる家の重みを肌で理解した。

今日のために着物を着た。躑躅色《つつじいろ》から薄桃へのグラデーションの生地に、流れるようなラインで小花が散っている振袖だ。母が着付けができるのでよかったものの、髪形や化粧で朝から家中を巻き込んで大騒動だった。

申し込みをした時に受付の方に『よろしければお着物でご参加ください』と言われたからといって素直に従うんじゃなかった。まだ始まってもいないのにもう疲れを感じている。

突然着物を着せてと頼んだから両親は何事かと驚いていた。けれど着付けた茉莉の姿を見ると2人とも目を細めて喜んでくれた。

成人式の日、茉莉は容態が悪化していてCCUにいた。

雪の降る窓辺で父は何を思っただろう。咲き誇る花の着物を選んだ母はチューブのたくさんついた娘の体をどんな思いで見つめていただろう。

最後までがんばろうと気合を入れ直した時、

「体験の方ですか？」

突然背後から声をかけられて、茉莉は慌てて振り返る。

艶やかな山茶花《さざんか》の陰から、中年の女性が顔を覗かせた。上品な紫色の着物を着た女性は茉莉の前へ歩み寄ると「こんにちは」と頭を下げた。茉莉も慌てて頭を下げる。

「茶室へご案内いたします」

女性は着こなしも身のこなしも堂に入っている。一歩一歩がぎこちない茉莉と違い、歩みにまで品格があった。

「あの……」

「はい？」

「わたし、本当に初心者なんですが、大丈夫でしょうか」

「ええ。大丈夫ですよ。みなさん初心者の方ばかりですし。お着物でお越しくださるなんて嬉しいです。最近のお嬢さま方は、そういうお姿をなかなか見せてくださらないので……」

「え。着物、失敗でした？」

ぎょっとして訊き返すと、女性は足を止めふわりと微笑んだ。えくぼができたその微笑みを見て、茉莉はまさかと目を見張った。和人の面影がよぎったからだ。

「いいえ大成功ですよ。とても艶《あで》やかでお美しいです。私も気持ちが入りますわ」

「あの……もしかして、先生で……いらっしゃいますか」

「紫《ゆかり》と申します。本日はよろしくお願いいたします」

物腰柔らかに頭を下げる彼女に対して、茉莉は謝るように頭を下げた。

和人の母親だ。美しく温和な女性に茉莉は身を竦めた。

通されたのは瓦屋根の一軒家の和室だった。普通の玄関を上がると、宴会場のような広い和室に通された。

「今日はお茶の味を楽しんでくださいね」

和人の母は（もはや確信だった）柔らかい声で言った。家元の妻と共に現れた茉莉のことを広間に着席していた数十人の生徒たちは一体何者だという目で見ていた。

女性ばかり、中年から高校生まで20人ほどいた。中年女性が上品な訪問着を着ているのを見ると派手な振袖はやはり浮いていて恥ずかしくなった。出鼻をくじかれた茉莉は少しでも粗相《そそう》が目立たないようにと、一番入口に近い場所に小さくなって座った。

しばらくすると時間になったのか、忙《せわ》しなく動いていた弟子たちが一斉に縁側の障子を開いた。すると参加者たちからは感嘆の声が上がる。

そこには秋の絵画が飾られたような庭が広がっていた。美しいもみじがひらひらと舞う姿に茉莉も心を奪われた。

始まった茶会はゆっくりと進んだ。みな興味がある者ばかりなので、師範が説明するのを静かに聞き入った。向こうに座る女子高生は自己紹介で茶道部と言っていたからか、若いくせに長時間の正座でも平然としている。つらかったら崩していいですよと紫は言ったけれど、誰一人崩さないのだから崩せるわけがなかった。

慣れない正座に精一杯で、掛け軸がどうのお道具がどうのなんて話はすべて上の空になっていた。聞き慣れない名称ばかりで覚えきれないし、床の間の掛け軸がどんなに素晴らしいかなんて、書かれている文字さえ判読できない茉莉にはどうでもよかった。

お作法の話が終わると奥の部屋へ通される。どうやらやっとお茶が飲めるらしい。最初は感動した秋の景色も、慣れない着物の苦しさと足のしびれで、目を向けている余裕がなくなってきていた。

通された部屋は四畳半の小さな和室だった。言われたように床の間の掛け軸を見てから順番に並んで座る。目の前に炉があるのが、茶室らしい。懐紙《かいし》が配られ、炉の横に紫が座る。入ってきた弟子が、菓子器《かしき》を先頭に座る女性の前に置いた。器の中には紅色が美しい小ぶりのお饅頭《まんじゅう》が人数分入っていて、疲れ切っていた茉莉は息を吐いた。

紫が動き出すと静けさは一変し、紫が放つ凛とした静寂の中へ取り込まれてしまった。誰もが紫の手元に視線を吸い寄せられ時間や場所の感覚が遠のいていくのを感じた。無駄のない動きには不必要なものが一切ない究極の世界観があった。何千年も揺るぎなく受け継がれてきたことが紫の中に息づいている。

（時間の……魔法みたい）

紫の手先は、子供の頃に見たアニメの魔法使いのような不思議な力に満ちていた。紫の手は魔法使いの手だ。ただの茶道具たちは彼女が触れると活き活きと輝きだした。床の間の掛け軸が歓迎の言葉を囁《ささや》き、飾られた秋の野花が楽しそうに微笑んでいる。翡翠色《ひすいいろ》の茶器はお茶をおいしくしてやるぞと張り切っているように見えた。茶室の空間に紫のもてなしの心が広がっていく。

（やさしい、優しいお母さんなんだね……）

茉莉は伝わってくる紫の温かさが、うれしくてそして切なかった。

紫の説明に沿って茶会は進んでいく。濃い色をした抹茶は濃厚なのに瑞々しく体の芯まで癒してくれた。

茶道具を片付け、また全員で総礼をして茶会は終わった。

参加者たちはみんな満足げな顔で解散と言われてもなかなか席を立とうとはしない。このまま入門する人は記帳したり、弟子に話を聞いたりしている。庭を見て回る人や、茶道具を眺める人もいた。

茉莉は縁側の柱にもたれながらはらりはらりと舞う紅葉を眺めていた。疲労はピークに達していた。けれどなかなか屋敷を出るタイミングを計れずにいた。

早く帰りたい。早く着物を脱ぎたい。そればかりが頭をグルグル巡る。大きく息を吸うと熱を持った体にすがすがしい空気が入り込んで気持ちよかった。

和人はここで生まれたんだなと物思いはそこにたどり着く。この場所で育ち、この場所で迷い、この場所を恐れている。先ほどのお点前《てまえ》の様子が目の前に蘇ってくると、逃げ出したくなる気持ちが少しだけ理解できた。と言っても、継承の責務の重さなど、生まれた時から2番目の茉莉には想像もつかないけれど。

「高林さん、いかがでしたか」

ひょこっと紫が声をかけてきて、茉莉は慌てて姿勢を正した。その瞬間、ぐらりと視界が揺れたのを感じた。なんとか体勢を保ちながら愛想笑いを作る。過度のストレスと過剰な緊張は体にかなりの負担をかけるので気をつけるようにと言っていた医師の言葉が脳裏に蘇った。

「はい。とても楽しかったです。何もかも初めての経験でしたし、お抹茶もとてもおいしかったです」

「そう。よかったわ」

「どうもありがとうございました」

これで帰れると安堵したのも束の間、頭を下げた途端ドクンと強く脈打ったのが耳まで響いた。

次の瞬間、足袋《たび》の足が揺らぐのを止められなかった。踏ん張ったけれど足が縺《もつ》れてふらついた体を支えてくれたのは紫の手だった。全身が粟立《あわだ》った。一刻も早くここを去らないととんでもない失態を曝《さら》してしまうことになる。冷や汗が額に浮かんでくる。

「大丈夫？　高林さん？」

「大丈夫です、申し訳ありません」

「顔色が悪いわ。少し座りましょうか」

「いえ、大丈夫ですから」

「長時間の正座で疲れたんじゃないかしら。だめよ、少し休みましょう」

「でも……」

渋る茉莉を支えながら、紫は周りに気づかれないよう気を配り、先ほどの茶室に入った。

「ここで少し横になって。今、かけるものを用意しますからね」

てきぱきと座布団を並べると、彼女は茉莉の肩を抱いてそこに座らせ、そっと部屋を出て行き、しばらくして戻ると大人しく横になっていた茉莉にタオルケットをかけてくれた。もうその時には抵抗するのも億劫《おっくう》で、意識も虚ろになっていた。

ありがとうございます、と言ったのと、紫が慣れた手つきで着物を緩めてくれたのは覚えているけれど、後はなんだか曖昧で、そのうち意識が途切れてしまった。

目が覚めたのは大分日が落ちた頃だ。真っ暗で、自分がどこにいるのかわからなかった。

ぼんやりしながら手探りで障子を開く。

(障子……？　どうして障子が)

ひんやりした風が部屋に入り込んでくると思考は唐突に整った。同時にそれは後ろから殴られたようなひどい衝撃だった。

何て情けないんだろう。偵察みたいなことをしにきておいて途中棄権なんて。言うことを聞いてくれない体が忌々しく、だらしない自分に涙が溢れそうになった。

「お目覚めですか」

向こうから声がすると、廊下にオレンジ色の明かりが灯る。茉莉はどんな顔をしていいのかわからずに、ただ唇を噛んで灯りの方に向かって頷いてみせた。

茶室から広間へ移されると、紫が熱いお茶を淹《い》れてくれた。

目立たぬようにいたかったのに、こんなふうに向かい合う事態になってしまってますます泣きたくなった。

「お気になさらないでね。疲れが溜まっているのよ」

「はあ……」

「お仕事が忙しい年頃ですものね」

和人の母親が和人とよく似た顔で笑んだ。この顔で『大丈夫？』と訊かれたら、きっと息子は自分の情けなさを目の当たりにして堪らないだろう。紫の温かさを知ってしまった今だから、和人の自己嫌悪も想像ができた。

「わたし、無職なんです」

どうしてか、そう口をついた。

「体を悪くしていて、働けないんです」

「まあ、そうでしたの。お気の毒に……」

「やっぱり気の毒に見えますか、わたし」

茉莉が微笑むと、紫はハッとしてばつが悪そうに視線を落とした。

「いいんです。よく言われますから……。若くても人は病気になります。だけど、焦ります。無職だなんて胸張って言えることじゃありませんし、周りと比べてしまえば落ち込みます。だから焦ります……」

茉莉の声が広間に響くと、しばらくして紫はお茶を淹れ直し、茉莉の前に差し出してから呟くように言った。

「人と違うことは、大変よね」

言葉の中に和人がいた。客をもてなす顔から母親の目になったのを見逃さなかった。

だから茉莉の口は動く。和人に言えないこと、そして誰にも言えないことが自然と湧き上がってきた。

「違うことがこんなに怖いと思いませんでした。10代の頃は、迷うことはあっても迷い方もみんな同じでしたから……。今はあまりにも自由すぎて、枠がどこにもなくて怖いです……。でもこんな体で今更どこに居場所を見つけられるのかわからなくて……だから焦ります。周りと比べて違うことがとても怖いです」

「……そうね。私も昔はそういう不安な気持ちをわかっていたはずなのに、いつの間にか枠の中からしか外を見られなくなってしまったのね……」

細い手を膝の上に重ねると、紫は小さく息を吐いた。

「高林さんは、26歳だったかしら」

「はい」

「私の息子も同じ歳なのよ」

頬にえくぼができる笑顔に茉莉は笑い返した。

「次期家元として教育していたら、きっと今日のような場にはあの子が相応《ふさわ》しいはずなの。でもね、あの子はここにいないんです。もう26なのに、未だに人様の前に出すこともできないの」

「技術がなっていないってことですか？」

「そうね……技術も心構えも、すべてね」

「息子さんがこの家を継がなければいけないんでしょうか」

茉莉の問いに紫は少し面食らって、弱々しく笑んだ。さっきまで偉大な魔法使いだったのに、そこに座っている紫は一回り小さくなったように見えた。

「お弟子さんの中に有望な方がいます。けれど、それをあの子に告げればあの子はもう二度とここへは戻ってこないでしょうね……あの子も必死なんです。家元のプレッシャーに打ち勝とうと努力しているのは親として認めてあげたいと思うんですよ……。私たちもいけないんです。幼い頃から何でも人並み以上にできる子だったんで、周りが初めから大きな期待を押しつけてしまって、そしてある日突然折れてしまったあの子を、誰も認めてやれなかった……。傷ついた息子に、頑張りなさいしか言えなかった私は母親失格ですね」

自嘲の笑みを浮かべる母親は哀れだった。きっと母親のこんな顔を見たら、和人はまた折れてしまうだろう。

(和人が折れてしまったらわたしが……わたしが何かできればいいのに……)

膝の上に置いた手を固く握りしめた。できないことはわかっている。わかっているけど、と逡巡《しゅんじゅん》している茉莉の気持ちなど何も知らない紫はこう続けた。

「あの子が20歳になった頃ね、結婚したい相手がいるって言ったんです。好きな人のために頑張りたいからって、大学とお稽古を両立するって言って……。あの時はもう一度やり直せると思いました。あの子も今までにないほど真剣でしたし。でもあの子、ふられてしまったんです。将来家元なんて人とは結婚できないって断られてしまったようで、ショックだったんでしょうね。また茶道具に触れることもできなくなってしまいました……。それしきのことで折れてしまう息子に、家元も愛想を尽かしてしまって」

障子の向こうから紅葉がカサカサと風に揺れているのが聞こえた。茉莉は視界に何が映っているのかすぐには理解できず、当惑する。戦慄が心臓の中心を貫く。

そわそわと茉莉は腰を浮かせた。けれどすぐ立つわけにもいかず、その後は何を言ってその場を切り抜けたのかよく覚えていない。

突然、目の前を真っ暗にされたようだった。我に返った時茉莉は暗い部屋のベッドに寝そべっていた。どうやって家に帰り、この動揺を両親に気付かれないように着物を脱ぎ、風呂に入ったのか、すべての行動が記憶から欠落していた。

今日一日のすべてが、はっきりしなくなっていた。ただ、頭にガンガン響く痛みはあの柔らかな声だ。

布団の中で体を丸めると、心臓の中の戦慄が更に深く傷をえぐった。枕に顔を埋《うず》め、声を抑えつけて泣いてみても、あの声は耳から消えてくれなかった。

和人だってたくさん恋愛をしてきたはずだ。ただの元カノでなく、結婚したいほど好きだったということがショックなのか。

違う、そんな純粋な話じゃない。見たこともない和人の元カノに、茉莉は泣くほど嫉妬しているのだ。和人にそこまで想われたこと以上に、家元になるからなんていう理由で和人を手放せる女のことが泣くほどうらやましかった。

桔梗の結婚式の日に叔母たちが話していたことが時間差で茉莉を叩きのめし、布団にくるまって声をあげて泣いた。


いったい幾夜誰かの声に袋叩きにされるのだろう。

会いたくてたまらなかった。わたしがもっと強くて健康で、ずっと傍にいられる人だったら今すぐ傍にいって、負けそうなあなたを抱きしめて、守ってあげるのに。

わたしの両手はあまりにも頼りなくて不安定で、あなたを抱きしめることもできない。

わたしじゃ足りない。

あなたには足りなすぎる。

14

風が頬を刺すようになった頃、２人は再会した。

駅の改札から出てきた和人がえくぼを見せて笑うから、茉莉は曖昧に笑んだ。和人の無邪気な笑顔がなんだか憎らしく見えて、心がざらついた。

「今日はどこ行こうか？　ディズニーランドでも行っちゃう？」

黒のニット帽にスタジャンを着込んで、同窓会の時みたいにストリート系の格好をした和人が茉莉の顔を覗き込んで笑う。かつて違う相手に向けられていた眼差しは、姉のお下がりのワンピースと同じくらい魅力が欠落して見えた。

「それより今日は買い物がいい。冬物見たいんだ」

「お仕事モードだね」

和人は何の疑いも何のダメージもなく微笑んだ。ざらついた心に苛立ちが芽生える。この余裕が嫌い。疑いを持たない目が嫌いだ。

「そんなんじゃないよ。全然買い物行けなかったし、せっかくのお休みだしね」

「じゃあ今日は茉莉ちゃんの買い物につきあう」

皮肉が少しも通じていないのか、和人は楽しそうに山手線の方へ向かって歩き出した。残された茉莉は露骨に顔を顰めた。

「茉莉ちゃん？　早く行こうよ」

振り返った和人の悪びれない顔が、茉莉の苛立ちを更に煽《あお》った。

その日一日中、茉莉は和人を連れ回した。デパートを梯子《はしご》し、ブランド店を端から見て回った。メンズコーナーは軒並み無視し、試着には何十分も割《さ》いた。

人を本気で怒らせる術を知らない茉莉は、自分がされたら嫌なことを思いつく限りやってやった。それなのに、（ある程度予想はしていたけれど）和人は少しも苛立ったり嫌な顔をしたりしない。ヤケクソな気持ちで買った服やバッグを「いいものが見つかってよかったね」と喜んでくれる。飼い慣らされた犬みたいにどの店でも愛想よく「茉莉ちゃんはこっちの色の方が似合うよ」なんて楽しそうに言う。増えていくショッピングバッグを当然のように全部持ち歩いてくれる。やればやるほど疲れていくのは茉莉で、傷つくのも苛立つのも茉莉の方だった。

日が暮れる頃になると、刺々しかった苛立ちは冷蔵庫の端に忘れ去られた春菊のようにしおれてしまった。瑞々しい彩も鼻に抜ける香りも失ったそれは、自己嫌悪に姿を変えていた。

「すごい買い物しちゃったね」

「そうね……」

そんな清々しい顔で笑うなバカ。ぐったりしながらザッハトルテをつつく茉莉の前で、和人は満足げにコーヒーを飲む。ストリート系の和人と、お嬢さま系で纏めて来た茉莉は、服装と同じくらい向き合う表情もチグハグだった。

喫茶店を出ると冷たい空気に曝され、紅茶で温まった体は一気に冷える。渋谷、新宿から銀座まで足を延ばしていたので茉莉はもう気力も体力も限界だった。せっかくの一日を無駄にしてしまった空虚さが込み上げてくると、信号待ちをしながら涙が出そうになる。

「茉莉ちゃん、寒くない？」

そう訊かれた瞬間洟《はな》を啜《すす》ると、和人は上から優しく見下ろしてそっと茉莉の手を取った。信号が青に変わり、茉莉は和人に手を引かれながら歩き出す。

憎たらしいけど、やっぱり和人が好きだ。礼子が死んだ日のことを忘れたわけではないのに、やっぱり和人が好きだ。

力半分、手を握り返すと、和人がギュッと握ってくれた。

靴が欲しいと言ったくせにさっきから何軒も靴屋を素通りしている。足を止めたら手を離されてしまいそうだから、茉莉は黙って歩いた。

通りの外れが見えてきたところでどう言い繕おうか考えていると、

「和人君」

と、誰かが和人を呼び止めた。柔和な面立ちをした初老の男性が通りの店の中から出てくる。あっ、という顔をしたと同時に和人の方から手を離した。

「こんばんは。いつもお世話になっております」

「こんばんは。本家に戻っているんですか？」

「いえ……今日はその」

「デートか」

男性はふふっと笑み、和人は苦笑した。男性が立っている店のウィンドウには茶器が飾られている。茶道具の専門店らしい。隣の和人の表情を盗み見ると、強張《こわば》りながらも必死で愛想笑いを作っているのが見て取れた。

「家元によろしくお伝えくださいね」

「はい。それにしても瀬田《せた》さん、お元気そうでよかったです。先日体調をくずされたと母から聞いていたので、心配していたのですが……」

「和人君にそんなふうに言ってもらえると嬉しいね」

「いえ……。お体、大事になさってください。失礼します」

和人が礼儀正しく頭を下げるのに釣られて、茉莉も慌てて頭を下げる。この場からすぐにでも逃げ出したいと言わんばかりに和人はすぐに歩き出した。茉莉は男性とすれ違いざまにもう一度頭を下げて、後をついて行った。

街のにぎわいが途切れた通りは、雑居ビルの薄暗い蛍光灯の灯りだけが路地を照らしていた。くぐもった歌声やビン類がぶつかり合う音が漏れ聞こえてくるが人気《ひとけ》はなかった。和人はだいぶ経ってからようやく茉莉の存在を思い出したように振り返った。

「行きたいお店ってどこ？　もしかして迷ってる？」

アハハと笑い出す和人を見て、茉莉は足を止めた。

「さっきの、お茶道具のお店だったね」

「え、ああ……。昔からうちに入ってるんだ。そんなことより大通りに戻ろうか。ここ明らかに違うよね」

「あのおじさんもカズくんが家にいないこと知ってるんだね。道具屋さんまで知ってるってことは、ほとんどの人が知ってるってことだよね。それでカズくん平気なの？」

「どうしたの、茉莉ちゃん」

訊き返す表情が彼によく似たあの女性と重なって、しおれていた苛立ちがまた蘇る。

「カズくんはこれからどうしたいの？　ずっと家から逃げたままなの？　そんなにやりたくないならやめちゃえば？　お父さんにちゃんと言ってやめればいいじゃない。カズくんの代わりなんていくらでもいるんじゃないの？」

「……何、いきなり。変だよ、茉莉ちゃん」
「変なのはカズくんでしょ。もう決めなさいよ。逃げ続けることなんてできないって
ことくらいはわかってるんでしょ？」
その日、初めて和人が不快感を露《あらわ》にした。
ああ、こうすれば和人を怒らせることができるのかと、茉莉は挑《いど》むような目で彼を
見上げた。和人は一瞬挑み返してきたけれど、ほんの一瞬ですぐに表情を穏やかに戻
した。
「やめよ。俺、こーゆー話、茉莉ちゃんとはしたくない」
話を切り上げようとする和人に、茉莉は責めるように言った。
「結婚したかった人とは、そーゆー話をしたの？　それともそうやって逃げて、結局
逃げられちゃったわけ？」
「は……？　な、どうして？」
「もっと考えなさいよ。アンタの人生でしょ！　アンタが決めないから周りが振り回
されるんじゃない。カズくんがいつまでも逃げるから答えが纏まらないんでしょ！
全部穏便になんて甘いこと考えてんじゃないわよ。そうやって愛想笑いだけして、な
んでも切り抜けようなんて、バカじゃないの」
「ちょっと茉莉ちゃん、なんなんだよ！　どうしたの、一体！」

和人が伸ばしてきた手を振り払うと、自分が持たせていたくせに奪うように服やらバッグやら入った袋を取り上げた。

「きっとその人、カズくんの優柔不断さが嫌だったんじゃない？　女に振られたくらいでガキみたいにいじけてんじゃないわよ！　ヘタレッ！」

「ヘタ……！　茉莉ちゃんにはわかんねーだろ！　俺がどんな思いしてきたかなんて！」

「わかんないわよ、どうせわたしは凡人ですから！　わたしには頑張れとか言って自分だけ逃げるなんて卑怯《ひきょう》じゃない」

「卑怯……」

「漫画描き始めたんだよ。またボロクソ言われるの怖いけど、カズくんが諦めちゃダメだって言うから描き始めたんだよ。カズくんはそのままでいいの？　今のままこのままでいいの？」

「……」

「サーフィンやってスノーボードやって、たくさん友達いて、それで楽しければいいの？　夢中になれるものがないなんていつまで甘ったれてんの？　もう大人なんだよ？　わたしたちもう、とっくに大人なんだよ！」

「そんなの知ってるよ！　わかってる。わかってるけど俺は茉莉ちゃんみたいに簡単にいかないいんだよ」

和人は目を逸らすとスニーカーの爪先を睨《ね》めつけて唇を噛んだ。触れられたくないところを触れられた、行き場のない、放出できない怒りを何とか留めるので精一杯のようだった。

「カズくんはただ失敗するのが怖いんだよ。人より何でもできて、誰とも争ったことなくて、だから怖いんだよ。バカじゃないの？　わたしなんか失敗だらけの人生だよ。あっちもダメ、こっちもダメ、お姉ちゃんと比べられて、お姉ちゃんに負け続けて、悔しいのに悔しいとも言えなかった。でも人生なんかそういうものじゃないの？　ダメダメでもどっかになんかあって、全然ダメな時でも必ずなんかあって、不幸まみれの中にたまに幸せがあったりするからいいんじゃないの？　たまにいいことがあるから生きててよかったーみたいになれるんじゃないの？　逃げ回っててそんなの見つかるわけない！　期待に負けて、女に振られて、だから何よ。カズくんの失敗なんて、わたしに比べたら擦り傷程度でバカみたい！」

「バカバカ言うなよ」

「バカみたいだからバカつってんの！　逃げ回ってる男なんて鬱陶しいの、苛々すんの、見てて腹立つ！」

「何で茉莉ちゃんにそこまで言われなきゃなんねーんだよ！　擦り傷程度？　茉莉ちゃんは何か背負ったことってあるか？　逃げたくても逃げられない思いをしたことが

ある⁉　俺はなりたくてこうなったんじゃない！　なりたくて家元の家に生まれたわけじゃないんだっ！　あんなもん簡単に背負えるかよ！」

「だからいやならいやって言えばいいでしょ！　ちゃんとお父さんとお母さんに言いなさいよ！」

「簡単に言えるかよ！　跡取りは俺しかいないんだから」

「じゃあ自分の血を恨めば。こんな星の下に生まれた自分を恨んで一生過ごせば？　逃げて逃げまくって楽しければいっかって適当にやり過ごせば？　そうして流派が滅べばカズくんは幸せ？」

「……いい加減にしてくれる？　俺はこういう話をしたくないから東京に来たくないんだ。でも茉莉ちゃんに会いたいから来てるのに、だから」

和人が顔を背《そむ》ける。茉莉は遠い記憶の中にいる誰かを見ているような錯覚に襲われながら呟いた。

「……なりたくてなったんじゃないって、わかるよ」

「え？」

「凡人だけどね」

茉莉は片頬で笑う。

「今日はありがとう。先に帰るね。カズくんはもう少しこの寒空の下で頭を冷やして考えなさい」

「え、ちょっと……」

「じゃあね」

茉莉は踵を返した。荷物が重たくて、ひとつ残らず捨ててやりたくなった。

長い人生を背負った人もまたつらいのだと、その時初めて気付いた。タイムリミットを知っている自分がどこかで一番不幸だと嘆いていたけれど、途方もない時間の中を何の道標もなく歩いていかなければならない人の不安も計り知れないのだ。

和人からの連絡はそれ以来なかった。正直寂しくはあったけれど、どこかで安堵していた。自分の中の寝た子を起こすような和人の存在はやはり簡単に抱えていけるものではないのだ。

もう二度と会えないならばせめて和人が幸せでありますように……なんてセンチメンタルなことも、ひと月も経つと思うことさえバカらしくなっていた。

師走《しわす》に入り街が忙しくなった頃、茉莉はまた短大時代の仲間と再会した。

奈緒が結婚することになり、美弥の店に集まった。

奈緒の彼を知っているサオリは、最初からハイテンションにふたりの馴れ初めから相手の特徴まで詳しく語って聞かせた。奇怪な店内はリラックスするどころか気持ちを変にハイにさせるか、ひどく落ち込ませるかという色彩だし、テーブルの上の料理は相変わらず脂っこくて食欲を減退させるし、サオリの声は甲高くて時々何を言っているのかわからないし、茉莉は温かい烏龍茶を飲みながら話を聞いているようでいてまるで聞いちゃいなかった。

友人の結婚にこんなに無関心な自分はもう枯れてしまったのか、それとも奈緒の幸せなんてどうでもいい領域の話なのか。酷薄な人と言われても今なら受け入れられる気がした。

「そーゆーサオリは彼とどうなの？」

「結婚はしたいのよ。したいんだけど、なかなかね。こうなりゃ子供でも作っちゃおうかななんて密かに計画してるの」

「うわ、計画的犯行だ！」

茉莉には一生かかっても言えないことで3人が声を上げて笑っている。今日はこの間のように貸切ではなく、店には数組の客がいて、そちらの笑い声も耳につき、美弥は目の前を行ったり来たりと忙《せわ》しなくてうるさい。

サオリが彼の話を始める頃、茉莉は原因不明の頭痛に襲われていた。ガチャガチャという食器がぶつかり合う音が頭の中で反響し、あちこちを突つく。こめかみを押さえてみると、痛みは更に増していった。

向こうのテーブルを見ると、大学生くらいの男の子がジョッキビールをグビグビと飲み干しながら下品に笑っていた。服装は和人に似ていたけれど、連中と比べると和人の生まれついての品のよさは今更言うまでもなく明らかだった。

どんな格好をしていても、和人はけっして下品に見えなかった。温和な笑顔が目の前に浮かぶと、烏龍茶から漂う湯気も手伝って、茉莉は洟を啜った。

和人はあんなふうにガチャガチャと酒を飲まないだろう。どんな服装をしていても、どんな場所にいても、あの人の中にはまるであの屋敷の庭のように心地よい静寂があった。日本の美しい四季のように調和のとれた空間があった。きちんと整理されている居心地のいい人だった。

あんな人初めてだった。手を繋いだだけだけれど、体を重ねるよりはっきり覚えている感覚。和人の整った指先が脳裏に甦ると、また洟を啜る。

「でね、茉莉聞いてる？」

「うん、聞いてる」

女の策略にすぐにハマりそうな男の話なんかどうでもいい。ああ、和人に会いたい。

頭がズキンと痛んだ。いろんな声が混ざり合っているのに、そこに和人はいない。いろんな話が交わされるのにそこに和人はいない。自分の空間に和人はもういない。

「茉莉もそろそろ彼氏作りなよ。逃げちゃダメだよ、茉莉。あたしが紹介しようか？」

「わたしにもいる！　彼の友達なんだけど、会う？」

「……いい。別に彼氏とかいいよ……」

「ダメだよ茉莉！　短大時代を思い出しなよ！　彼がいると楽しいじゃない」

「でもいいよ……」

「茉莉、このままずっと恋しないの？」

ふいに声色が真剣になるから顔を上げた。サオリと奈緒が眉間に皺を寄せてこちらを見ている。茉莉の覇気のない態度がムカついたのだろう。わかったけれど茉莉は顔色ひとつ変えなかった。

「彼氏はいらない。男がいなきゃダメなわけ？」

「ダメってより、支えっていうかさ……茉莉、普段何してるの？　ちゃんと出かけたりしてる？　彼氏がいたらもっと潤うじゃん」

「わたしそんなに枯れてる？」

自嘲気味に笑うと、奈緒は困ったように視線を逸らした。

次のイベントの原稿と衣装作りに追われ、寝不足が続いていた。服を買いに行くのも面倒だったし、気合も入らなかった茉莉の服装は向こうにいる学生と同じようなパーカーにジーンズだった。何もかも面倒くさいのだ。すべてがどうでもよかった。ただ、漫画を描くことは失いたくなくて、肌の手入れをしたりファッション雑誌に目を通したりする時間もすべて、原稿用紙に向かっていた。24時間漫画を描いていたかった。一度ペンを放してしまったら、漫画を描くことさえも面倒くさくなってしまいそうだったから。

「茉莉、何かあった？」

「別に何も」

「だからあたしたちが出会いは用意するから……」

「いらない。わたしはいい」

「それって病気だから？」

サオリの声は詰問みたいに響いた。頭がギリギリと痛む。奥歯を噛んで顔を顰めると、隣の奈緒がサオリを制した。

「やめなよ、サオリ。そんな言い方、茉莉がかわいそう」

幸せな人は周りの不幸を見ると素直に痛みを分かち合おうとする。甘ったるいカルーアミルクの香りがするそのやさしい声に、茉莉は更に奥歯を噛んだ。治まらない頭痛のせいで、この場をおさめる言い訳も笑みも出てこない。取り繕うことも、もう何もかも面倒くさかった。

「病気だからって恋しないなんて、逃げだよ！　あたしは茉莉にそんな女に成り下がって欲しくない！　あんなに頑張ってきたんだから幸せになって欲しいもん！」

ていた。

「るっさいな……」

正当な友情をかざすサオリの主張をさえぎるように、ほとんど無意識に茉莉は呟いていた。

直接見ていなくてもサオリと奈緒の間に驚きが走ったのはわかった。茉莉は今まで誰に対してもこんな言い方をしたことはなかった。

何よりも感情の制御を重んじて生きてきた。反抗や口答えなんかして嫌われたくなかった。誰からも好かれている姉のようにはなれないけれど、せめて他人に溜息をつかれるような人間にはならないように気をつけてきた。

「逃げって何？　サオリはわたしの何を知ってるわけ？」

「何って……だって茉莉はいつも誰か好きな人がいたでしょ。恋に対して積極的だったのに病気になってから変わったから……」

「そりゃ変わるわよ。10年以上生きた人はいない病気ですなんて言われたら誰だって変わるに決まってるでしょ。そんな女、誰が愛してくれるわけ？　大体紹介って何？　この子病気なんだけどって言って紹介してくれるわけ？　そんな女でもいいって男があんたたちの周りにはわんさかいるわけ？」

「ちょっと茉莉……10年以上……って何？」

「そのまま。わたしと同じ病気の人で、10年以上生きた人、いないんだって。発症してからもう6年経ってるから、あと4年かな。せいぜいあと4年しか生きられない女を誰に紹介すんの？　逃げてるんじゃないわよ、遠慮してやってんの」

鼻で笑って言い放つと2人の顔は硬直する。ガシャンという音がして振り返ると、そこで美弥が真っ青な顔をしていた。

「生きられないって何……茉莉、死んじゃうの……？」

グラスを落とした美弥は震えていた。厨房から慌てて駆け寄ってきた亮が周りの客に頭を下げながら美弥の足元にひざまずいて、割れたグラスの破片をせかせかと拾い集める。女たちの驚愕の顔つきと、ひょろりとした男のせわしない動き、目の前の光景が白々しく見えて茉莉は興醒めした。

「ごめん、帰るわ」

「茉莉、待ってよ……ごめん、……ちゃんと話そうよ、ね？」

「もういいよ。これ以上いたらわたしきっと、みんなのこともっと傷つけるよ」

「待ってよ。茉莉、そんな大事なことどうして今まで黙ってたの？　友達でしょ、どうして……あ、ほらねえ、旅行でもしようか」

思考が動揺している美弥は変な笑顔で手を差し伸べてくる。その細い指先はいつの間にかあかぎれだらけで、学生時代熱心にネイルにこだわっていたあの手からは変わり果てていた。

「……ごめん、今夜は帰る。黙ってたのは、言ってもしょうがないことだから」

「しょうがないって、さ……」

「しょうがないの。治療法がないんだって。奇跡が起きて、4年以内に薬でもできたらいいのかもしれないけどね。終わりがあるから始めないことにしたの。だから恋はしない。病気のせいだけど、逃げで片付けられるほど簡単に逃げたわけじゃないんだよ」

席を立ってコートを羽織ると、もう誰も引き止めようとはしなかった。

「バイバイ」

足早に店を出ると冬の風が頬を突き刺した。待ってよ、なんて追いかけてくる声はどこまで歩いても聞こえなかった。夢見がちなドラマみたいなシナリオは、恋にも友情にも、人生には訪れやしない。

茉莉は雑踏の中で思い切り伸びをした。言えなかったことを言うってのは気持ちがいいものだと実感した。彼女たちからはもう電話はかかってこないかもしれない。メールもこないかもしれない。結婚式の招待状も届かないかもしれない。けれど逆にそれらが清々しかった。

「ハー！　スッキリしたッ」

大きく腕を振って歩く。道なりのショーウィンドウに目を向けると、明日は久しぶりに買い物にでも行こうかなと気持ちが華やいだ。

ごめん
ごめん
ごめん
みんなごめん
誰か背負ってと投げやりになったこともあったけれど、やっぱり誰にも背負えないのがそれぞれの人生だから。
カズくんに出逢ってそれがよくわかった。
だからごめん。
美弥の手、すごく荒れてたね。働く人の手をしてた。頑張れ美弥。あの店が繁盛することを今は素直に願える。
奈緒の幸せを、サオリの幸せを、今は素直に願える。
傷つけてはじめてわかった。
みんなのこと大好きだったって。
みんなは何にも悪くなかったって。

ごめん
ごめん
ごめん

15

イベントで着るための衣装が完成した。袖を通すと我ながらいい出来栄えで鏡の前でクルリと回ってみる。

今回は月野や沙苗の衣装も作った。今日は2人が来て、みんなで着せ替えごっこだ。ステレオの音量を少し大きくして機嫌よく歌う。よく晴れた日曜の午後。両親は連れ立って買い物へ出かけた。

チャイムが鳴り、茉莉は部屋を出る。約束の時間より少し早いけれど疑いもせず茉莉は「はーい」と階段を駆け下りた。

「沙苗ちゃん、見てみて～！」

勢いよく扉を開ける。

はりきってキャラクターと同じように髪型もポニーテールに束ねた茉莉は、はしゃいだ声で沙苗の反応を待った。けれどそこには沙苗の姿も月野の姿もなく、目の前にあったのは着古していい具合に色落ちしたレザージャケットの胸元だった。

ゆっくり顔を上げていくと、そこで茉莉を見下ろしていたのは和人だった。

見間違える余地もないほど、そこにいたのは和人だった。

「あ……茉莉ちゃん……」

目を合わせて、どうしてそこに和人がいるのだろうと考えてみたけれど、次の瞬間、それ以上に重大なことに気が付いて勢いよく扉を閉めた。

「茉莉ちゃん！　ご、ごめん、突然！」

「な、何？　何よ。何でいるの⁉」

見られた。コスプレを見られた！

和人がそこにいることより、そのことの方が重大で驚愕で、穴があったら飛び込みたい。

「茉莉ちゃん、開けてくれる？　話がしたいんだ。連絡もしないで来てごめん。でも」

電話もメールもずっと無視してきたのは茉莉だ。和人にとっては勇気を振り絞っての突撃なのだろう。

そこまで考えてようやく和人がこの扉の向こうにいることを実感した。

そっと扉を開くと顔だけ覗かせて、

「ちょっと待ってて」

そして扉を閉めると階段を駆け上がり、できたての衣装を脱ぎ捨てクローゼットを開ける。何を着ればいいのか頭が混乱して思考はちっともまとまらない。

和人が来た。会いに来てくれた。外は今日も真冬の寒さだから、長く置いておくのはかわいそうなので、とりあえず目についた桔梗からもらったセーターを被ってジーンズのベルトを締めながらまた階段を降りる。

ノブに手をかけながら、乱れた呼吸を整えて、二、三度深呼吸をしてから扉を開けた。

宝箱のようなそれを開くと、待ちわびたその人が、夢じゃなくちゃんと立っていてくれた。

「突然、ごめんね」

「ううん。入って」

「お邪魔します」

部屋はオタク帝国になっているので、リビングに案内する。さっきまで父が座っていたソファーに和人が座る。コーヒーカップを用意しておいて、思い出したように「コーヒーでいい？　紅茶？」と訊くと、落ち着きなくキョロキョロしていた和人はびくりとしてコーヒーお願いしますと頭を垂れた。

よく晴れた冬の午後。やっと効いてきた暖房のいい心地の中に、コーヒーの深い香りが漂う。対面式のキッチンに立つ茉莉はなかなか顔を上げられなかった。向こうには和人がいる。チラリと盗むように見ると、和人も気まずそうに小さくなって座っていた。

コーヒーとミルクとお砂糖をテーブルに並べると、茉莉は向かい側に座る。お互い借りてきた猫のように言葉もなく手持ち無沙汰を誤魔化すようにコーヒーに口をつけるけれど、熱くて堪らなかった。

「茉莉ちゃん、クロスボード好きなの？」

会話に悩んでいた和人が、突然思いついたように顔を上げた。茉莉はコーヒーカップを膝の上にひっくり返してしまいそうになった。

「ど、どうして…」

激しい動揺を隠し切れずに訊き返すと、和人は顔を綻ばせた。

「だってさっきメロノの服着てなかった？」

眩暈《めまい》がした。この世の終焉《しゅうえん》が垣間見える壮絶な絶望に襲われる。

「髪の毛も一緒だし。茉莉ちゃん、メロノみたいだね」

慌てて髪を解く。それが一層疑惑の色を濃くし、茉莉は激しい自己嫌悪に陥った。

動揺を隠すように、ゆっくりとした仕草でコーヒーを飲む。頭の中では次の話題になるものを懸命に探すけれど、突然違うことを言い出すのもおかしいだろう。どうしていい年してアニメなんか見ているのよ、と自分のことは棚に置いて彼を責めたい気分だった。

「えっと……カズくんも好きなの？　クロボ」

しまった。クロスボードと言えばいいのに略してしまった。よく見てることが更にバレバレじゃないか。

「うん。ガキの頃からロボットアニメ好きなんだ。大人が見ても楽しいよね」

「……そうね……」

ニコニコしながら拷問されてる気分だ。和人は追い詰めている自覚があるのかくくと肩を揺らした。

「茉莉ちゃん、やっぱり器用だね」

「……そうね……」

「俺も作ってもらいてぇな。リリヤとか……」

「……カズくんには似合わないと思うよ……」

「そうかな」

「そうね……」

眉間を深く寄せると、和人は堪らなくなったように声を上げて笑った。緊張感が張りつめていたリビングが色づいたように華やかになる。

「もう！　うっさいなっ！　いいでしょ別に！」

「何にも言ってないじゃん」

「どーせオタクだって言いたいんでしょっ」

「そうなの？」

「いいじゃん、好きなんだから！」

「俺も好きだよ、クロボ」

「カズくんもオタクだね」

「コスプレはしないけどね」

口答えできなくなった茉莉を見て、和人はまた笑った。

「他にもなんかあるの？」

「言わないっ」

「俺にも着せてよ。軍服とかカッコいーよな」

「カズくんには小さいってば」

「あるんだ、軍服」

顔を合わせ、また口を噤む茉莉を見て和人は盛大に笑った。

「この後、友達が来るの。話があって来たなら、早くしてくれる？」

「オタク友達？」

音を立ててカップを置くと、和人は笑いを止めてごめんごめんと人懐っこい顔で言う。

「喧嘩しに来たなら買うけど」

「ごめん、違うんだ。今日は仲直りしようと思って」

「え？」

「この間はごめん。本当にごめん。ずっと謝りたかったんだけど、茉莉ちゃんに言われたこと、全部事実っていうか、痛いとこ突かれまくりで…出直しにくくて…」

「男のくせにカッコ悪い」

「男女平等だろ？」

「だったらわたしも謝る。わたしも言いすぎたよ、ごめんなさい」

「茉莉ちゃんは悪くないよ」

「男女平等なんでしょ？」

茉莉が憮然《ぶぜん》とした顔で言うと、和人は安堵して笑んだ。やっと胸のつかえが取れたと表情が言っている。

そんな顔で笑うのは卑怯だ。たとえ泣いていても怒っていても、この顔を見ると、ついい反射的に微笑み返してしまう。それって赤ん坊みたいだなと思うとおかしくなって、茉莉はやっぱり笑い返してしまった。けれど胸の中はそれとは裏腹に泣きたい気持ちになっていた。

和人は相変わらずズルイ。あっという間に感情がリセットされてしまった。あんなにつらく寂しい思いをしたのに、こんな一瞬で全部元へ戻ってしまった。

「じゃあ、仲直りしてくださいよ」

「うん」

「仲直りの記念に、一緒にボードに行かない？」

「ボード？」

「クロスボードじゃないよ。スノーボード」

「カズくん、また喧嘩しようか……？」

「ウソ、ごめん。一緒に行こうよ。夏のサーフィン行けなかったからさ、ね？」

首を傾げて微笑まれると毒気が抜かれてしまう。茉莉はコーヒーを淹れ直しながらキッチンのカレンダーを覗く。

一応主治医の許可を取らなきゃダメだろうな……と外来の日を確認すると、来週にマルがついていた。

キッチンから和人に声をかけようとして、気付いた。

好きな人とこんなふうに向き合って、休みの日の午後に一緒にリビングでコーヒーを飲むことはなんて贅沢《ぜいたく》な幸せだろうと。夢のような現実は一層胸の中に抱えている真実を重たくさせる。幸せの光が強ければ強いほど、その下にある不幸の影もより一層濃くなるのだろう。

「茉莉ちゃん？」

「ちょっと時間くれる？　来週には返事できると思う」

「もちろん！　仕事の予定とかもあるもんね。待ってるよ」

「ありがとう。あ、泊まりじゃないよね？」

「泊まりでもいいの？」

「……ダメ」

「うわ、今の間なに？　茉莉ちゃん、いやらしー」

「何が！　何がよ、バカッ！　泊まりなんか絶対イヤ！　日帰りだからね！」

「えー」

「ガキみたいな顔しない！」

「ま、いいよ。茉莉ちゃんと一緒に行ければ。やったねー」

「わたしヘタだよ。もう何年も行ってないし」

「大丈夫、俺がうまいから。プロにならないかとか言われたことあるし、任せといて」

「出た、神童……」

茉莉は呆れたようにつぶやいて、それから華やいだ気持ちで笑った。久しぶりにちゃんと笑った気がした。

「楽しみにしてるね！」

和人を見送ってリビングに戻ると、飲み終えたコーヒーカップを片付ける。シンクから見渡せるリビングにもう和人はいない。カップはもう温かくない。一瞬、足だけが和人を求め走り出しそうになって、慌てて自分にブレーキをかける。

静寂を切り裂くようにカップがシンクに転がり落ちた。勢いよく流れる水がカップにあたって水滴が放射状にはじけ飛ぶ。いつもは気にならない壁掛け時計の音が耳をついた。唐突に熱い涙があふれてくると力が抜けたようにその場に崩れ落ちた。

初めて命が恋しいと思えた。

1分が1秒が切ないほどいとおしい――そんなに早く進まないで。もう少しここにいさせて。


翌週、主治医に相談してみると、受験の合格発表みたいなそれは補欠合格というところだった。主治医はあまりいい顔はしなかったけれどどうしてもとねばると、しぶしぶOKしてくれた。

「あの、先生……病気、悪くなってないんですよね」

「ああ、大丈夫だよ。今月も異常なし」

「よくなっては、いないんですか?」

主治医は少し面食らって、それから茉莉の顔を見て申し訳なさそうな目をした。

「回復の兆候は見られないよ。それでも現状維持を続けている茉莉ちゃんは頑張っているると思うよ。油断すれば転がるように悪くなるんだからね」

「……ダイエットと同じですね」

茉莉が茶化して笑うと、医師も顔をほころばせた。

外来を終えるとすぐに和人にメールを打った。次に着信音が鳴ると、和人の歓声が聞こえてきそうなメールの返信に思わず笑ってしまった。

生きていれば確実に幸せともぶつかる。それはいつか自分を苦しめるもろ刃の剣だとわかっていた。けれど、今は後先のことは考えず和人がくれる幸せを、ドロップをなめるように味わっていたい。


命が恋しくて、時間がいとおしくてたまらない。

愛する人と別れることが死だと思った。

けれど、いとおしいと思えた自分と別れることも死なんだよね。こんなことならもっと自分を大切にすればよかった。わたしを一番大切にできるのは、わたししかいないんだから。

もっと早く、いろんなことに気付けたらよかったな。

16

年が明けしばらくすると、ふたりはスノーボードへ出かけた。友達から借りてきたという四駆の車に板や靴を積む。ヘタだと言いながらもマイボードを持っていたのをことのほか喜んでくれた。

約束の前の週に、茉莉は父と一緒にスポーツショップに行き、ボードを整備してもらった。ウエアも新調した。山登りが趣味で冬は幼い頃からスキーやボードに連れて行ってくれた父は、友人とボードに行くと言うと心配な顔をしたけれど、僅かに嬉しそうだった。

病気になってできないことが増えた。山登りもそのひとつで、茉莉は早々に諦めがついたけれど、娘たちの名前に花を選ぶくらいアウトドアが趣味な両親にとっては簡単に諦めきれるものではなかったかもしれない。すべては自分が諦めて、自分だけが我慢すればいいと思っていたけれど、家族もきっと何かを諦めて、何かを我慢してきたのだと、丁寧にボードを磨いてくれる父の姿を見ていて茉莉は初めて気付いた。

和人がシュプールを描き、悠々と滑りおりていく。堂に入った動きは滑らかで見惚れてしまう。茉莉はその後ろで派手に転んでは、そそくさと起き上がった。

「茉莉ちゃん、大丈夫？」

「大丈夫じゃなーい！」

ヤケクソで叫ぶと下にいる和人が楽しそうに笑った。

久しぶりすぎる白銀の世界はキラキラといろいろなものが反射していて、とても眩しい。広大に開いた空は、どこまでも真っ青だった。山頂までこんもりと雪をたたえた山も、鼻の奥まで凍らせる冷たい空気も、すべてを照らす大きな白い太陽も、何もかもが懐かしい景色だ。同じ白でも狭い病室と比べたらまるで宇宙に飛び出してしまったかのような解放感に満ちていた。

うまく止まることができずに緩い速度で突っ込んでいくのを和人が受け止めてくれると、至近距離まで顔が近づいた。

「ヘタだなぁ、茉莉ちゃん」

「だから久しぶりなんだって言ったでしょ」

「小学校の頃のスキー教室でも派手に転んでたよね」

「そんな昔のこと持ち出さないでよ！」

青空と白い太陽、雪と和人。それはまるで完成された幸せの結晶みたいだった。

「ねえ、カズくんも飛べるの？」

リフトの上からジャンプ台を指差して訊く。

「飛べるよ。俺、ハーフパイプの選手やってたし」

「ハーフパイプってあのこういうの？」

手を振り子のように揺らしてみせると、和人は頷く。

「それでプロに？」

「うん。一瞬オリンピック目指そうかと思った」

「神童って、人生ナメてるよね……」

茉莉が下から睨みつけると、和人はそうだねと笑った。

この人はきっと、自分で決めた道を歩めればもっとのびのびと生きられるのだろう。

「ねえ、飛んでみてよ」

「え？」

「ほら！　今の人みたいに。もっと高く飛べる？」

「悪いけど俺、すごいよ？」

白銀に反射する青空に縁取られた和人が、自信たっぷりに笑った。

スタート位置に立った和人が手を振るのに、同じようにして下から応える。

チョコミントみたいな色の組み合わせをしたウエアが滑走してくるのを、茉莉は両手で庇《ひさし》を作って見上げた。

シュプールに粉雪が舞う。勢いをつけた和人が飛んだ瞬間、茉莉は感嘆の声を上げた。

時がゆっくり流れ出したスローモーションの速度で、空に溶けた和人は太陽をひとりじめにして、その光の中で何度も回転した。

重力から解放された青いボードが宙を舞う。その瞬間、真っ白な両翼が彼の背を突き破って大空で羽ばたいたのがはっきりと見えた。『僕は空を飛びたい』と夢を語っていた幼い和人が脳裏を掠《かす》めた。

空に誘われ、光を一身に浴び、和人は弧を描くように雪の上へ舞い戻ってくる。

「どうだった？　カッコよかった？」

「うん」

茉莉が頷くと、訊いておいて和人はあからさまに照れた。そんな彼を、茉莉は目を細めて見つめた。

雪の上に座って、ふたりは空を仰ぐ。

今日のために有給休暇を取ったと嘘をついた。年末年始のかき入れ時を過ぎた平日のゲレンデは広々としていた。

「空が綺麗だねぇ」

「ゲレンデの空って澄んでるよな」

雲ひとつない澄みきった空を見上げながら、息を吸い込む。空気の味まで明瞭だった。

「カズくん、飛んでたね。小学校の文集に書いてあったこと、実現しちゃってたんだ」

「宇宙飛行士にはなれなかったけどね」

和人はその手で触れた空を見上げながら思いを込めるように言った。

「空の広さに比べたら人間の悩みなんてちっぽけだって言うだろ。でも俺にはそうは思えなかった。大自然の中にいても、満天の空を見ても、悩みはちっぽけにならなかった。だから飛んでみたかった。ガキの頃からずっと見上げるんじゃなくてその中に入れば何かが変わるんじゃないかって」

「その中に入って、何か変わった？」

和人は空から視線を茉莉に移した。ボードが着地するように、彼の心もここに戻ってきたような気がした。

「……わかったのは、何をやっても、どこにいても、俺の悩みはちっぽけにはならないし、ちっぽけだって捨てることもできないってことだな。……俺ね、全部本気でやったんだ。ボードも、サーフィンも、陸上、テニス、バスケ、サッカー、体操、大学の研究も。でもやり尽くして結局いつもわかるんだ。居場所はここにはないって。ここじゃないってちゃんと知ってるんだ」

「……カズくんの居場所は？　見つかったの？」

「ああ。銀座に置き去りにされて、生まれて初めてバカって言われて、ようやくね」

「バカから始めてみるのも悪くないかもよ。神童」

和人は笑った。もう迷いない、意志のこもった笑顔に見えた。


ナイターも滑る予定だったけれど、夕方から雪がひどくなってきて、リフトは早々に止まってしまい、ふたりは帰り支度を始めた。更衣室を出てロビーに行くと、パーカーを着てだぼだぼなジーンズをはいた和人が、神妙な面持ちでそこに置かれた旧型のテレビを見上げていた。

「どうかしたの？」

茉莉が声をかけると、和人は条件反射のように笑ったけれど、すぐにテレビを指差して硬い声を出した。

「困っちゃったよ。通行止めだって」

「え？」

「帰り道がなくなっちゃった」

和人はあまり深刻にならないように気を使ったような言い方をしたけれど、顔を合わせると互いに「どうしよう」という戸惑いしか生まれなかった。

リフトが止まったことでゲレンデは照明が落とされた。コインロッカーが壁一面に並ぶこの施設も、いつの間にか人気《ひとけ》がなくなっていた。和人はとりあえず施設の主人に交通情報を聞いてみたが、主人の口からはテレビと同じ言葉しか出ない。主人はホテルを探してみてはどうかと提案してきた。和人は近隣のホテルを当たってみるからここで待っていてと言うが、早く施設を閉めたそうな主人の態度が伝わってくると、茉莉は一緒に行くと言い張った。

「だめだよ。外、すごい吹雪《ふぶ》いてるから」

「いい。行く」

「だめだ」

和人は真剣な顔できっぱりと言った。それでも、茉莉の居心地の悪さを察してくれたのか、うつむく彼女の荷物を手に取ると諭すように言った。

「じゃあ、とりあえず車で待っててくれる？」

顔を上げた茉莉は、救われたように頷いた。

和人は茉莉の荷物まで担ぎ風の中を駐車場へ向かい、茉莉もその後を追った。頬を刺す凍結状態の雪に不安を覚えた。和人は茉莉を車に乗せると暖房を目一杯にし、また吹雪の中を駆け出して行った。

フロントガラスが真っ白になっていくのをぼんやり眺めながら、茉莉はこの後のことを考える。とりあえず帰る手段はないらしい。ホテルに空き部屋があるか訊くと言っていたけれど、それはふたりで泊まるということなのか。

「ま、まずは電話しとかなきゃ」

駆け巡る妄想から目を逸らすように携帯電話を取り出して、家に連絡を入れた。母は体のことを心配していたけれど、天候のせいでは仕方ないと了承してくれた。

「ちゃんとしたホテルに泊まるのよ。体を冷やさないようにね。薬は持ってるわよね？沙苗ちゃんとなら大丈夫だと思うけど、気をつけるのよ」

友達と行くとしか言ってこなかった。母が『友達と』と聞けば沙苗を連想することは十分承知の確信犯だ。お母さんごめんなさい、と内心で謝りながら電話を切った。

和人は友達だけど男で、自分は彼が好きだ。和人は？　初恋の茉莉ちゃんではなくて、今ここにいる自分をどう見ているのだろう。

携帯電話を撫でながらぼんやりしていると、唐突に車のドアが開いた。運転席から強風が入り込んできて車内の気温は一気に下がった。

「わー、もうマジでひどいよ！」

雪を払い、風に抵抗しながら和人がドアを閉めると冷気は暖房の熱にとろけていく。

ゴーッという風音もぴたりと止んで、窓の向こうへ遠ざかった。黒いニット帽の雪を払いながら、和人はすごい雪だ、すごい風だと繰り返した。

「ホテルなんだけど、団体の客があって満室なんだって。いろいろ問い合わせてもらったけど、みんなもう埋まってた」

「そう」

「スキー場のおじさんに訊いてみようと思ったけど、もうみんな閉まってて誰もいなくてさ」

「そう……」

「どうしようかね？」

和人は帽子を被り直す。茉莉は携帯電話を強く握る。車内に風の重低音が響いた。

「茉莉ちゃん、俺が襲うと思ってる？」

和人はひょいと助手席を覗き込んできて神妙に訊いた。固まっていた体の骨がピキッと鳴り、茉莉は慌てて両手を振った。けれどさりげなく座席の端に寄ったのを和人は見逃さなかったようで、ぷっと吹き出して笑った。

「まったくわかりやすいね、茉莉ちゃんは」

「そんなんじゃない！　わたしは、別に、何も……」

「じゃ、襲ってもいい？」

「えっ！」

またピキッとする。強張る茉莉の姿を、和人は柔和な眼差しで見つめた。

「今日は仲直りが目的だからね。また嫌われるようなことはしないよ」

「カズくんの中のわたしってさ、まだ小学生なの？　わたしそんなことで嫌いになったりビビッたりしないよ？　もう子供じゃないモン」

精一杯強がって茶化してみせると、和人が突然助手席側の窓に手をついて体ごと顔を寄せてきた。

衝撃に備えるように反射的に目を強くつむってしまう。体中の血液が一瞬で熱せられたように、体は上気し心拍数も上昇する。

「しないよ、何も」

「え……」

「しない。ちゃんと茉莉ちゃんの気持ち聞くまで」

そっと鼻先だけ合わせると、和人はすぐに離れていく。茉莉が恐る恐る瞼を開くと、和人は運転席からお得意の愛嬌のある顔で笑っていた。

「仲直り、するんでしょ！　変なことしないでよ」

「オトナがキスくらいで騒がないの」

「わたしは好きな人じゃなきゃしないの！」

「俺のこと嫌い？」

茉莉は口を噤む。和人のその目は、本気というより、くぅんと鳴く子犬のようだった。

「その顔は反則！」

和人のおでこを指で弾く。

「いってーよ、茉莉ちゃん！」

「痛くしたんだもん」

車内に笑い声が響いた。

あらがってもあらがっても抜け出せない。和人を想う気持ちは、体内に根付いて、どう足掻いても抵抗できないほど育ってしまった。好きだった、彼が。どうしようもないほどに。諦めることを諦めてしまうほどに。

「何がおかしいの？」

「ん？　好きだなって思って」

「え？」

「あなたを好きだなって思って」

交わる視線の先の和人が面食らったようにきょとんとし、やがて困惑と衝撃と驚きと喜びと興奮を全部シャッフルしたみたいな顔を突き出して叫ぶように聞いてきた。

「俺のこと好き⁉」

「うん」

「マジで？　こういう冗談だけは許さないよ？」

「冗談でキスもできないんだから、冗談で告白もしない」

「俺も好き。茉莉ちゃんのこと好きだよ」

「小学生のじゃなくて？」

「今、ここにいる君」

和人が恐る恐る手を伸ばしてくる。綺麗な指先が茉莉の髪を抱いて首筋を引き寄せる。導かれるままに茉莉は彼の胸に頬を寄せた。やがて2つの席がもどかしかったのか、和人は助手席に乗り込んできて茉莉を膝に抱き上げた。

久しぶりに抱かれた他人の腕の中は、瑞々しい心地よさに溢れていた。和人は華奢だけど力強くて、首筋を思い切り吸い込むとその匂いに全身が安らぎで満たされた。

「もっと早く言えばよかったな」

「もっと早く言われてたら、逃げてたかも」

「そうなの？　よかった〜」

和人は頬を寄せて無邪気な声を出す。茉莉は彼の膝の上に座らされたまま、再び視線を合わせると首筋を両手で抱いた。

「逃げないでね」

「逃げないよ」

「初恋は叶わないはずなのにな。叶っちゃったな」

「神童に不可能はなかったってことなんじゃないの？」

茉莉が笑うと、和人がはにかみながら唇をくっつけてくる。ついばむようなキスを繰り返して、さらに引き寄せると、深く強く重ねた。

和人の体温がダイレクトに伝わってきて茉莉の理性を煽る。甘く濃厚なキスを交わしながら、それでも和人が服の下に手を滑らせた瞬間、やんわりとそれを避けた自分の条件反射に茉莉は我ながら笑った。

「だめ？」

「だめ」

「したい」

「今はダメ」

「じゃあ、いつならいい？」

「そんなにがっつかないでよ」

「がっつくよ。ずっと待ってたんだから」

茉莉の首筋に顔を埋めて、和人は駄々をこねるように言う。茉莉はその髪を優しく撫でて襟足にキスをした。

「好きだよ、茉莉ちゃん」

「うん……」

「ずっと好きだったんだ。同窓会で会って、二度君を好きになったんだ」

「うん、ありがとう……」

和人は言葉を重ねた。ずっと制御していた分、歯止めが利かなくなったようだった。

「ホントに……ホントに好きだ」

「もうわかったから」

「本当に空が飛べたら、茉莉ちゃんも連れて行く」

「ん……」

和人がふいに顔を上げた。首筋に落ちた雫を感じたのかもしれない。茉莉の頬を涙が伝っていた。

「どうして泣くの？」

「……だって」

「何か悲しい？」

和人が指先で涙を拭ってくれるから、茉莉は薄く微笑んだ。

「バカ……嬉しくて泣いたことないの？」

「……ない」

「神童が聞いて呆れる」

「君の前では俺はてんでダメなバカだからね……」

もう一度深く唇を合わせた。止《と》め処《ど》ない想いがようやく重なり合った気がした。

シートを倒して眠る和人を見下ろして、茉莉は起き上がった。暖房を消してしまっている車内は、体を離すと少し寒い。ウエアやタオルやコートをあるだけ積んで、抱き合って眠った。

外の様子が知りたかったけれど、全部の窓に雪が積もっていて、どうなっているのかよくわからない。腕時計は４時を指していた。

茉莉は足元に置いたポーチの中からピルケースを出した。ダッシュボードからチョコレートを取り出してひとつ齧《かじ》る。手の平に山盛りに薬を出すと、少し残しておいたお茶で流し込んだ。こんな姿を彼に見られたくなくて、和人が眠るまで待っていた。

先ほどまではしゃいで話していた和人が健やかな寝息を立てている。そんな彼の安らぎが茉莉の心を強く締め付ける。

いつ切り出せばいいのか、本当のことを言ってからも一緒にいるべきなのか、正しい答えが見つからなかった。和人は家へ戻る決心をしていた。和人は覚悟を決めたのに、煽った自分は何も決められずにいて後ろめたかった。

「……茉莉ちゃん……?」

「あ、ごめん、起こしたね」

「寒い……」

「ん、ごめんね」

茉莉が寝そべると、和人は布団を引き寄せるような仕草で茉莉を抱いて、また寝息を立てた。

茉莉はそこに眠る恋人を夜が明けるまでずっと見つめていた。

カズくんが好き。でもそれだけじゃ、終わらない。終わらせることはできるけれど。今始まったばかりなのにな。

17

その年の春、和人は東京の屋敷に戻った。

逃げ回っていた長男を一門の誰も快くは迎え入れてはくれなかったけれど、和人は今までの分を取り戻そうと必死でお稽古に邁進《まいしん》していた。和人が東京に戻り物理的な距離は縮まったけれど、以前のように時間の取れなくなった和人と会える回数はほとんど変わらなかった。

それでも茉莉は満足だった。和人は会うたびに活き活きしていたし、背中に少しずつ芯を埋め込んでいくように凜々しくなっていった。

「お疲れさま」

カチンとグラスを交わす。

今日のデートはお台場の和風創作居酒屋だ。一口飲むと、ここに来るまでに話していた話題に和人が戻した。

「その漫画、受かるといいね」

「受かったら夢の印税生活！」

「気が早いよ。でも、頑張ったね。偉い偉い」

和人が頭を撫でてくれると茉莉の中の達成感はより満たされた。

「カズくんもよかったね。お稽古できるようになって」

「ああ。基礎の基礎からだけど、茶室に入れてもらえるようになってよかったよ。今日、久しぶりに茶碗に触って、不思議だけど安心した。胸のつかえが取れたっていうか……こう、頑張ろう、みたいな気持ちになった」

「偉い偉い、頑張ろうね」

茉莉が頭を撫でると、和人ははにかんだ。茶色かったツイストの髪は短く切って黒く戻されていた。

ふたりは近況を話しながら料理をつまむ。

「茉莉、もう食べないの？」

「あ、うん。お腹いっぱい」

「茉莉って小食だよね？　どこ行ってもあんまり食べないし。それとも偏食？　俺が選ぶ店、マズかった？」

「違うよ。嫌いなものはそんなにないけど、ダイエットのためにね」

「えー！　十分痩せてんじゃん！」

「油断するとすぐに太るの！」

「どのへんが？」

「やらしいこと聞かない！」

茉莉が額を弾くと、和人は顔を顰めた。

小食でも偏食でもない。ただ居酒屋のメニューは食べづらいのだ。気づかれないように芝居を続けているくせに、医師に言われたことも律儀に守っている。矛盾だらけの行為を続けていればそのうちに破断が生じてくる。周りから見れば２人はお似合いのカップルに見えるだろう。けれどまだキス止まりのままだ。やんわり断り続けるのだって限界がある。和人だってそのうち怪しむだろう。その時おかしな誤解をされたくない。何よりも和人を傷つけたくない。それでも真実の言葉は喉を越えてきてはくれない。茉莉は後ろめたさに押しつぶされて窒息寸前だった。

店を出て指を絡めると、和人が茉莉の耳に唇を寄せた。

「ねえ、今日は？」

「え？」

「家が厳しいのはわかってるよ。だからちゃんと送って行くから」

茉莉が戸惑うと、和人は意を決したように繋ぐ手に力を込めた。

「ホテル、予約したんだ」

「え……っと……」

「そこのホテル。部屋取った」

「わーお……すごいことするね」

「強引かと思ったけど、茉莉、いつもはぐらかすから。したくないならしたくない理由があれば教えて欲しいんだ。てか俺、もう半年近く生殺しっていうか……ああ、下品でごめん……でもね」

「……ごめんなさい……」

「謝んなくていいんだ！　あー、やっぱごめん。やめよう」

茉莉が俯くと、和人はそっと手を離した。

「ごめん。……帰ろう。ああ、でもやっぱり……もう少し一緒にいようよ」

和人がホテルと逆の方へ歩き出そうとするから、茉莉は彼の手を引いた。まだ迷いは消えないけれど、引いた手を離すことができなかった。

「行こう……」

「え？　い、いいよ！　ごめん俺……」

「せっかくだから。お部屋見てみたいし、ね？　行こう」

茉莉はなけなしの勇気でそう言うと、和人の手を強く引いた。

ホテルの部屋はロイヤルブルーを基調としたシックで落ち着いたダブルだった。海沿いの窓辺からはレインボーブリッジが望めて夜景が輝いていた。バルコニーに出ると6月の風が丁寧に髪を揺らしてくれる。

「綺麗だね」

茉莉が振り返ると、窓の縁によりかかって和人が困ったように頷く。無理やり連れてきたのは茉莉なのに、和人の方が罪悪感でいっぱいの顔をしている。

短大の頃付き合っていた人は同じ歳だったのでお互いお金もなく、ホテルといえばチープなラブホテルか彼の部屋ばかりだった。それがレインボーブリッジの見える部屋になるなんて、と茉莉は小さく肩をすくめた。目の前に広がるトキメキを絵に描いたような夜景を見ても心の全部で喜べないことが、茉莉は寂しかった。

「茉莉、やっぱり帰ろう。家の人、心配するんだろ？」

「うん……」

和人の言葉から逃げるように部屋に入るとソファーに腰を下ろす。ふかふかで肌触りのいいソファーだった。

「そろそろ俺、挨拶したいって思うんだけどどうかな？　なんかコソコソしてるみたいで嫌だし、もうガキじゃないんだから誰かと付き合うくらいはいいんでしょ？　ちゃんと顔見せた方がお父さんたちも安心するんじゃないかな？」

「そうね……」

「俺じゃ、ダメかな」

その言葉に目を見張った。上から軽いキスが落ちてくると、茉莉はツンと喉が痛んだ。涙が込み上げてきそうで慌てて息ごと涙も飲み込んだ。

「ちゃんとしたいんだ、俺。茉莉はそういうの嫌かな」

「違う……そうじゃなくて……」

「ん?」

「ごめん……ごめ……」

茉莉は崩れるようにソファーから落ちると和人にしがみついた。

「茉莉?」

「……嘘なの。家が厳しいとかお父さんがうるさいとか、そうじゃない……心配はするけど、そういうのじゃない……」

「……そう……」

「ごめんなさい……」

「嘘はあまり好きじゃない。でも理由のある嘘だろ? 話せる?」

和人の口調には責める気配すらない。つかんでいる和人のシャツを強く握りしめた。

それでもまだ真実を告げるには勇気も覚悟も足りなかった。

「東京に引っ越してから、大きな病気をしたの……。それで、手術の痕があって。それを見られるのが嫌だったから……」

用意してあった嘘を口にして、またひとつ嘘をついた。そんな自分にひどい絶望を感じながら、茉莉はシャツのボタンを開いていく。

この嘘を取り消しても、また新しい嘘で真実を隠すのかもしれない。そうやって最期まで取り繕って、最期まで隠し通して一体2人の気持ちはどこにたどり着くのだろう。

「ごめんね、何も知らなくて」

「言わないわたしが悪いんだよ」

「もう大丈夫なの？」

「……うん」

「そう、よかった……。去年、海に行こうって言った時も？」

「水着、着たくなかったの。ごめんなさい」

「いい、もう謝んな」

和人は強く茉莉の体を抱きしめると、そのまま抱き上げた。ベッドの上で視線を上下させると、優しいキスが落ちてくる。

部屋の明かりを薄くして、ふたりは沈むシーツの上で抱き合った。

見た目よりずっと頼もしかった和人に抱かれながら、茉莉は全身で自身の生を感じていた。余命を宣告されてから今日までのいつよりも、生きている実感がした。生きているこの瞬間が、何かと比べようもないほど愛しくて、何よりかけがえがなくて。

それは生の悦《よろこ》びと同時に、死の恐怖をはっきりと茉莉の中に植えつけてしまった。死にたくない。それだけを求めないよう、生きてきたのに。


夜中に目を覚ますと、茉莉はそっと和人の腕を解いてベッドを出る。鞄の中からポーチを出すと、そのままバスルームへ入った。薬を飲み干すと、ポーチの中で携帯電話が光っているのが見えた。不在着信が5件。メールが1件。不在着信の4件は家からで、もう1件とメールは沙苗からだった。

『どこにいるの？　お母さんから電話があったよ。大丈夫？　最近どうも様子がおかしいから一応お母さんには誤魔化しておいた。茉莉がそう簡単にぶっ倒れるわけないってわかってるけど、何時でもいいから電話して』

沙苗のメールに、茉莉は時間を見ずに電話をかける。バスタブの縁に腰かけたまま、呼び出し音を聞く。1回鳴り終わる前に、沙苗の叫ぶような声がした。

「もしもし、茉莉！　あんた今どこにいるの。大丈夫なの⁉」

「うん……ごめんね」

「ホントに大丈夫なの？　病院にいるわけじゃないんだよね？」

「うん。お台場にいる。ちゃんとしたホテルにいるの」

「そう……よかったぁー……おばさんには月ちゃんの家に泊まることになって、わたしも今から行くんですとか言っちゃったの……。でも茉莉がどっかで倒れてたらわたしのせいだって……」

受話器の向こうで半べそをかいている沙苗に耳を寄せて、茉莉はなだめるようにつぶやいた。

「本当にごめんね。大丈夫だから……沙苗ちゃんのこと利用するみたいなことしてごめん。お母さん、友達と出かけるって言うと絶対沙苗ちゃんだと思ってて……だからわたし、それ利用してた」

「ううん、いい。全然いいよ。わたしも彼と最初の頃、茉莉にアリバイ頼んだりしたもん。全然いいの、茉莉が元気ならいいから！」

「元気……。今、好きな人と一緒にいる」

「そっかぁー……もぉ、茉莉何も話してくれないんだもん！　付き合ってる人がいるなら言いなさいよ！」

「うん」

「……茉莉？」

「…………」

「泣いてるの……？」

「泣いてないよ……」

「どうした？　なんかうまく行かなかった？」

「……ううん。そうじゃない……違うよ……」

「大丈夫？　具合悪いんじゃないの？　彼にはちゃんと言ってあるんでしょ？　あんまり無理しないで。心配押し付けちゃうの悪いけど、茉莉がまた具合悪くなったらやだよ。一緒にイベント行けなくなったら寂しいよ。茉莉、大丈夫なの？」

「平気……平気だよ……。大丈夫、もう入院なんてわたしもしたくないから」

「本当に？」

真っ白な陶器の浴槽の縁に片膝を上げて、顎を乗せる。声が響いて、和人を起こさないか心配になった。

「イベント行こうね……原稿、頑張ろう。沙苗ちゃんの新しい衣装も作ってるからね」

「楽しみにしてるよ」

「……沙苗ちゃん……」

「ん？」

「……ありがとう」

「え？　やだ、何言ってんの！」

「友達でいてくれて、ありがとう」

「……」

「ずっと、友達でいてね。死ぬまで友達でいて」

「バカ。生涯現役よ！　おばあちゃんになったらおばあちゃんのコスプレしてやるんだからね！　ずっと一緒だからね」

「好きよ、沙苗ちゃん」

「わたしも茉莉が大好きだよ。わたしの相方はあんただけなんだからね！　帰ってきたら彼のこともちゃんと教えて。原稿持って遊びに行くから」

「ケーキ食べたい……」

「わかったわかった。茉莉の好きなの持ってってあげる」

「我侭言ってごめん」

「こんなの我侭じゃないわよ！　遠慮してんじゃないわよ！　もう行きな。彼が待ってるんでしょ？　おやすみ」

「……おやすみ」

「……茉莉」

「ん？」

「友達だからって無理に全部話さなくてもいいよ。でも、どうしてもダメになったらおいで。彼でも親でも自分でもダメになったらわたしのとこにおいで。いい？」

「………………」

「背負うばっかが偉いんじゃないよ？　茉莉はいっぱい頑張ってるよ。だから胸張って自信持って。お祭りお祭りって言われてるけど、あんたは茉莉花《まつりか》の茉莉なんだから、無理に騒がなくていいんだよ。誰かを楽しませるばっかじゃなくていいの。我侭言っていいの。それで茉莉に背を向けるようなヤツは捨てていいの。わかった？　自分だけ苦しまなくていいの、茉莉」

「……ありがとう。大好きだよ、沙苗ちゃん」

電話を切ると、茉莉は膝に顔を埋めて嗚咽を押し殺した。

今夜はすべてが愛しかった。手放したくないものばかりがすぐそばにあったことに気付いて、胸が張り裂けそうだった。

もっとずっと、生きていたい。

空のバスタブの中で膝を抱えると、茉莉はいつまでもいつまでも泣いていた。

愛してるって、むせ返るほど苦しい。重くて深くて溺れてしまう。

溺れる時は一人で沈まないと。和人に手を伸ばさない覚悟を決めないと。
さあそろそろ。
死ぬ準備を始めなくては。

18

約束通り茉莉の好きなケーキをたくさん買い込んで、沙苗は時間を置かずやってきた。

「ふぅん。小学校の同級生か。いいね、同窓会で再燃って」

モンブランを突っつきながら、沙苗がひやかし口調で言う。

「でも遠恋《エンレン》だったとはね。気付かなかった……不覚」

「言わなくてごめんね。なんかいつも原稿とかでバタバタしてたし」

「あ、オリジナル描いたんだよね。いつ発表？」

「年末だったかな？　でもまた違うところにも描くよ」

「へぇ。頑張るね。でも茉莉なら漫画家行けると思うよ。ギャグもシリアスも面白いし、少女漫画でも少年漫画でもいいとこまで行くよ」

「沙苗ちゃんに言われると、自信持てるな」

「そう？　でもやっぱプロは厳しいよね。最近小説の挿絵描かせてもらう仕事始めたでしょ？　かなり注文が多くて嫌になるよ。でもまー、稼ぐってのは大変だ」

「そうだね。今頃気付くわたしたちってどうかと思うけど」

情けない顔を見合わせて、２人は声を揃えて笑った。

紅茶のおかわりを淹れていると視線を感じて顔を上げる。沙苗がじっとこちらを見つめていた。

「なあに？」

「茉莉、なんか変わったね」

「え？　どこが？　もしかして太った⁉」

「違うよ。なんていうか女剣士が鎧《よろい》を脱いだ感じ」

沙苗はさも得意げに言うけれど、茉莉にはさっぱり伝わらない。眉根を寄せて沙苗に言われたことを考えていると、沙苗が続けた。

「恋してる顔してるってことよ」

透き通った声で言われると、照れくさくて何も言い返せなかった。

「ねえ茉莉。その和人サンと結婚するの？」

「……さあ？　向こうは次期家元だし、凡人のわたしとは釣り合わないんじゃない？」

「お茶の世界とか漫画の中でしか知らないけど、やっぱり厳しいのかなぁ。いっそ茉莉も習いに行っちゃえば？　生徒とか取ってるんでしょ？」

「うーん、よくわからないけど……」

茉莉が言い淀んだ。スパイ活動してきたことは恥ずかしくて言えない。

「わたし最近考えてるんだけど、茉莉が結婚する時、わたしがドレス作っていい？　だから茉莉にはわたしが結婚する時、ドレス作って欲しいんだ。ホラ、この間のティーシャのウエディングドレス。あれ、ホントパーフェクトだったもんなぁ」

先日のイベントで着た衣装は大好評で、以前から沙苗を特集しているコスプレ雑誌の表紙を飾ることになり、近々みんなで集まってお祝いをすることになっていた。

「そう？　でも雑誌の表紙ってビックリだよねー。沙苗ちゃん、芸能人みたい」

「わたしじゃないって。茉莉が作ったんだから！　茉莉がすごいの！　ね？　ね？　いいでしょ？　ドレス！」

「んー、まあ……でも結婚なんて……あ、沙苗ちゃんもしかして、なんか言われたの？」

部屋に流れる最新の曲に耳を傾けながら沙苗はモンブランの栗をついてパクリと口に入れた。

「うん。結婚する。したいって思ったし、向こうもしようって言ってくれた。オタクは放任みたいだし、わたしの絵のことも認めてくれてるし、この人しかいないかなって思うし……」

「そう。おめでとう！」

「わたしね、彼に言われたんだ。今が楽しければいいっかって言うなって。楽しい方がいいし、楽しいことをやってるのは賛成だけど、今が楽しければいいって言うのだけは嫌いなんだって」

「だから挿絵の仕事とか始めたの？」

「うん。月ちゃんは、そのままプロの道もあるよって言ってくれたけど、束縛……みたいのされたことないから、やっぱちょっと怖くて、まずは挿絵くらいって思ってね。でも全然楽な仕事じゃなかったんだけど……。だけど、少し将来が見えたの」

「そう」

「好きな漫画描いて、コスプレやって『ワー！』って感じ大好きよ。でも、ずっと『ワー！』だけじゃダメだなってどこかでずっと思ってて……だから思い切り核心つかれたァって感じだった。でもね、それがきっかけで踏み出してよかったって思う。踏み出せた自分に、ちょっと安心した」

「沙苗ちゃんはどんどん自分で道を切り開いていく人なんだね。すごいな……」

「誰かが開いてくれるもんじゃないからね。それだけは年取って痛感したから」

沙苗は照れくさそうに言うと残りのモンブランを平らげた。茉莉もティラミスを口に運ぶ。甘くてほろ苦い味が体中に浸透していくようだった。

7月7日の七夕の夜、ふたりはお台場のホテルにいた。夜しか会えないという和人のために、今度は茉莉が予約をした。

「おめでとう」

「ありがと」

テーブルいっぱいに並んでいる料理やケーキは茉莉が家で作ってきたものだ。昼間のうちに買ってきたワインを開けてグラスを鳴らすと、和人は嬉しそうに満面の笑みをこぼした。

「約束、守れたな」

茉莉が、空いた和人のグラスにワインを注ぎながらつぶやく。

「約束？　何かしたっけ？」

「去年、わたしの誕生日に電話くれたでしょ？　その時、来年のカズくんの誕生日には絶対おめでとうって言うって」

「ああ。思い出した。死ぬほど緊張して電話かけたやつだ」

赤くみずみずしいトマトと真っ白なモッツァレラチーズのカプレーゼをつまみながら和人が苦笑した。

「茉莉のお姉さん……桔梗さんだっけ？　偶然、桔梗さんと新谷さんがスーパーで話してるの見かけたんだ。あの時俺、もう茉莉のこと諦めようかなって思っててさ。メールしても返事来ないし、電話も出ないし、あー、やっぱ東京に男いるんだって」

「ごめん」

茉莉が肩をすぼめ、和人はビーフシチューに手を伸ばしながら続けた。

「スーパーからお姉さん出てくるの待ち伏せして……あ、やっぱストーカーみたいだな……。んで、茉莉さん、その後いかがですか、みたいな話してさ、今度東京に行くんで連絡取りたいんですけどって言ったら、番号教えてくれたんだ」

「桔梗ちゃんは人を疑わないからなぁ。ま、カズくんじゃ悪い男に見えないからね。人畜無害って感じだもの」

「それ誉めてんの？」

和人が不服そうに手を取るのに指を絡め、茉莉は頷いた。

「誉めてるよ。わたしはそういう人がタイプなの。ローストビーフも食べてみて。結構頑張ったんだ」

「茉莉、料理上手だね」

「桔梗ちゃんが上手だったから教えてもらったの。桔梗ちゃんは頭いいから、一度作ると全部覚えちゃうから料理本も自作のレシピノートも全部置いてってくれたの。わたしはそれを見てやっただけだよ」

「おいしいよ」

「ホント？　でもやっぱり桔梗ちゃんが作った方がおいしかったな。もっとちゃんと桔梗ちゃんに……」

「茉莉のがおいしいよ」

和人が言葉を制す。視線を合わせると、人畜無害な笑顔をしていた。茉莉はそれに応えるように目を細める。

桔梗よりいいよ、と言われたのは、街のスーパーで開催された『お母さんの顔コンクール』の時以来だ。幼い頃、『母の日企画』に姉妹で出した絵は桔梗のより上に飾られた。茉莉はそれを企画展が終わるまで毎日のように見に行った。その時、スーパーのお兄さんが「君は絵が上手だね、お姉ちゃんのよりずっとうまいよ」と言ってくれたのだ。それが絵を好きになったきっかけだった。

「茉莉？」

「ううん。あ、切ろうか？」

「うん」

何度も練習したローストビーフを和人が頬張るのを祈るような気持ちで見つめた。咀嚼した和人がぱあっと目を輝かせる。茉莉は内心で飛び上がった。

ベッドの中からサイドテーブルに置かれた色とりどりの折り紙に和人が手を伸ばす。

「短冊、書こうか」

「……七夕さまだもんね」

「茉莉のお願い事は？」

「そーだな……夢が叶いますように、かな。カズくんは？」

「じゃあ、秋の茶会までにはお点前が上達しますように」

同じ枕に額を寄せ合って、ふたりは微笑み合う。

ベッドを出てローブを羽織ると、部屋に用意されていた短冊に思い思いの願いを書いて、バルコニーにかけられている小さな笹《ささ》に結んだ。

「あ、俺まだあるよ」

「欲張りだなー」

和人は背を向けてバタバタと室内に戻る。

茉莉は笹に結ばれた和人の達筆なお願い事を見つめた。空を見上げると、レインボーブリッジの明るさが邪魔をして星はひとつも見えなかった。

「できた」

戻ってきた和人の短冊に書かれていたのは、『ずっと二人でいられますように』。

「コレが俺の一番の願い事」

笹に結ぶ和人の指先を見つめて、茉莉は薄く唇を上げた。どこまでも純真な和人の想いが茉莉の心を撃ち抜いて、そのまま砕いてしまいそうだった。

わたしの願いに『二人』はない。
どうか和人が幸せでありますように。七夕の朝、商店街にあった笹に短冊を結んだ。
それがわたしのたったひとつの願い。
祈ることしかできないわたしの、願い。

19

本格的な夏が来て、次は茉莉の誕生日の番だ。和人はペアリングを彼女に贈った。ディズニーシーで一日中遊び、園内のホテルにそのまま宿泊した。炎天下の中動き回ったせいで、茉莉の体は疲れきっていた。疲れがピークな時ほど眠れなくて目を覚ますと、ベッドサイドの時計はもう2時を過ぎて、ただの8月2日になっていた。茉莉は和人の寝顔をしばらく眺めてから、右手を宙に翳《かざ》す。足元を照らす薄明かりの中、ぼんやりとその指にはめられたリングを見つめた。

ティファニーの新作だ。この間雑誌で見たものが、今はその指にあった。和人は、お揃いのものができたことを無邪気に喜んでいた。そういうところは出逢った頃と変わらない、愛すべき無垢《むく》さだ。

「……」

ぐっと手を握り締める。

もう離れた方がいい。これ以上一緒にいれば、和人を傷つけるだけだし、その愛に息が詰まって自分が死んでしまう。

同じ枕で眠る彼は安らかな寝息を立てていた。昼も夜も稽古に励み、雑務に忙殺されているだろうに、はりきってすべてのテーマポートを回ったのだから、彼も疲れたのだろう。茉莉はその首筋に顔を埋めて目を閉じる。心臓がドクドク皮膚を打つ音で、なかなか寝つけなかった。


翌日、ホテルを出ると和人は思いついたように言う。

「ねえ、これから秋葉原行かない？」

「はあ？」

「茉莉の行く店とか連れてってよ。ないの？　そーゆーの」

「な……いきなり何言い出すの……」

「いいじゃん。な？　その、沙苗ちゃんって友達と行くところとか、俺も連れてって」

犬コロが尾っぽをふるようにせがむ和人に、茉莉はあからさまに渋る。

「やめた方がいいよ……ディープだから……」

「大丈夫。俺、免疫あるから」

「免疫って……注射でも打ったの？」

「大学のゼミにパソコンオタクがいて、よく連れて行かれた」

「……国立大の理数系パソコンオタクとアニメオタクは違う気がするけど……」

「ダメ？」

「その顔で言わないでっ！」

子犬のような黒目でのぞき込まれて、茉莉は断り切れなくなってしまった。

結局秋葉原に来てしまうと、和人は昨日と同じようにはしゃいで乗り出していく。茉莉は小さく欠伸《あくび》をしてついていった。隠しようもないほどオタクに染まっている街を、和人はアトラクションを見るような目をして歩く。

どうしても茉莉のよく行く店を見たいと言って聞かないので、茉莉は仕方なく連れて行くことにした。

「カズくんてさ、そーゆーの嫌じゃないの？　放任？」

「放任じゃないよ。茉莉が好きなものなら見てみたいとは思う。俺、何にでも手出してたから、茉莉みたいなのたくさん知ってるよ。みんなそのことにすげー夢中になって、それが好きで楽しんでてさ。そういうのはすごくいいことだと思う。俺はできなかったからね。だからそれがサーフィンでも陸上でもアニメでも、違いはないな」

「心広いね」

「茉莉には寛大ですよ、俺は。惚れてるからね」

「……」

「照れるなよ」

「照れてません」

茉莉は顔を背ける。思い切り照れくさかった。アキバの中心で愛を囁かれて、くすぐったいような恥ずかしさが全身を駆け抜けていった。

茉莉が連れて行ったのは、衣装はもちろん、ウィッグから小物、メイク用品まで揃っているコスプレイヤー御用達の店だ。

入った途端、独特の賑わいを醸し出している店に、多少のことでは動じない和人も思わず目を見開いた。ビビッドカラーのウィッグが並んでいるショーケースを前に、口を開けたまま立ち尽くしている。その様子を茉莉が不安げに見ているのに気付くと、和人は曖昧に笑った。

「あれ？　マツリちゃん」

突然カウンターから名前を呼ばれ、そこにいた客と共に和人も振り返る。一発で常連とバレてしまい、茉莉は決まり悪かった。

「カレシ？」

「はあ……まあ……」

「彼もレイヤーなの？」

「いえ！　彼は普通の人です。普通なんだけど……なんか見たいって……すみません」

「いいよいいよ、なんか楽しげだし」

目を離した隙に和人は向こうの衣装コーナーを見て回っている。見覚えのあるアニメのコスチュームでも見つけたのか、手に取って上から下まで眺めていた。おーとか、わーとか感心している和人を見て、パンク系ファッションで上から下まで自己主張しまくっている店員がゲラゲラと笑った。

「あ、マツリちゃん。コレ見たよー」

店員がカウンターの下からコスプレ雑誌を取り出してみせる。沙苗と月野が表紙を飾ったものだ。

「この衣装、超すごいよ。店長も誉めてたよ。マツリちゃん、絵描きさんじゃなかったら、絶対ウチの店にスカウトしてたって。夏の衣装もみんなすっごい期待しちゃってるよん」

「そんな……無理ですよ」

「それにしたってこの衣装の出来はすごいよ。コレを着こなす姫華ちゃんもすっごいけど、これだけ忠実に作れるマツリちゃんもすごいって」

「え？　何？」

突然和人が会話に入り込んでくる。

「あ。これ、ティーシャとリリヤだ。結婚式のやつだね」

「あれ？　カレシわかんの？」

「はい。俺も見てますから」

「ロボット系は子供の頃から好きなんだそうです」

茉莉がフォローを入れると、和人は人なつっこい笑顔をして頷く。

「これが沙苗ちゃん」

「え？　うわ、かわいい子だね」

「で、この衣装を作ったのが、マツリちゃん」

店員が衣装と茉莉を交互に指差すと、和人はもう一度雑誌をマジマジと見つめた後で、驚きの声をあげた。

「すげぇ」

和人は歓声をあげ、茉莉は肩を窄め、店員はゲラゲラと笑った。

店員が客に呼ばれて行ってしまっても、和人はまだ雑誌に釘付《くぎづ》けだった。

「すごいよ。これテレビの中と一緒だよ。よくこんなに忠実にできるね。どうやって作ったの？　だってこれ、1回、話の中で着ただけの服だろ？」

「うーん。録画して、一時停止してデッサンして……それからホームページとかでいろいろ細かいところ検索したり……」

「へー。やっぱり茉莉は器用なんだね。仕事だって、こっちの方でも成功しそうじゃん。まだ企画部みたいなところなんでしょ？」

「ん……まあ……」

「まーでも茉莉の夢は絵だしね。でもホントすごいな」

「ねー、おふたりさん。よかったら試着してく？」

向こうから店員が声をかけるのに振り返る。

「クロボ好きならこれどうよ？」

「着る着る！　着させて！」

「ちょ、カズくん！」

「いいじゃん。それにあれ、リリヤの軍服！」

和人は楽しげに店員の元へ走り寄っていく。茉莉は大きく溜息をついた。

試着室から出てきた和人に、店員はもちろん、向こうにいる女性客もざわめいた。

「うっわー！　すごい似合う！　カレシ、超カッコイイ！」

「そうですか？　すごいっすね、これ。マジで本物みたい」

当の茉莉は、和人にコスプレさせてしまったショックと、それがあまりにも格好よすぎるショックに硬直していた。

「どう？」

「……えと……」

「ねえ、茉莉も何か着せてもらえば？　ほら、どうせならヒロインのティーシャとか」

「あ、いいねぇ～。あるよーティーシャの最新衣装も」

「え、いい！　わたしはいい！　ティーシャは似合わないから！」

茉莉が焦って言うと、和人が小首をかしげる。

「着たことないの？」

「沙苗ちゃんみたいにふわふわの子がやるからかわいいんだよ。わたしは似合わないし……」

「茉莉はふわふわじゃないってこと？」

「当たり前でしょ！　沙苗ちゃんみたいに細くないしかわいくないし……わたしは」

「俺は茉莉のがいいよ」

和人がいつかと同じ言葉を言ってニコリとした。

「マツリちゃん、着てみれば？　マツリちゃんも十分かわいいよ」

「ですよね」

和人がしゃあしゃあと言うのに、店員は爆笑しながら茉莉を衣装と共に無理矢理試着室へ押し込んでしまった。茉莉は渋々袖を通すと、背中のファスナーを上げ、振り返って鏡の中の自分を見た。初めて着たヒロインの衣装は似合っているのか怖かったけれど、胸がときめいた。

「茉莉、できた？」

「あ、うん」

「マツリちゃん、出ておいで〜」

面白がっている店員の声に、ビクビクとカーテンを開ける。今度は和人の方が撃ち抜かれた衝撃に硬直してしまった。


楽しかった1泊2日のお誕生日会が終わろうとしている。駅に降りると、ホームで茉莉はいつものようにありがとうと微笑んだ。

今日も家まで送らせてはくれないのだなと、和人は思った。踏み込もうとしても踏み込めない。どれだけ近づいても溶け合えない。和人はその距離がもどかしくてたまらなかった。記憶の中の茉莉は誰とでも打ちとけて、元気で明るい女の子だった。けれど今の彼女は中に入ろうとすると後ろ手に扉を閉めてフフと微笑むようなところがある。だから、なんとなくペアリングなんて買ってしまった自分がいる。茉莉がそうする理由はひとつしか思い当たらなかった。7年前に愛したあの子が言った言葉が、和人はまだ忘れられなかった。茉莉もまた、家元なんていう肩書きをどこかで恐れているのだろうか。

「今日は茉莉の好きな場所に連れてってくれてありがと。嬉しかったよ」

「あんまり喜ばないでよー。わたしは裸見られたより恥ずかしい感じだよ」

苦笑する茉莉に和人は一瞬笑んだが、すぐに表情を戻して、けれどあまり深刻にならないように注意を払って言った。

「今度は俺が楽しいって思う場所、行かない？」

「え？　どこ？」

茉莉が身を乗り出して顔を輝かせる。

「ウチに来てよ。俺が点《た》てたお茶、飲んで欲しいんだ」

「……あ、あ、でも、わたしお作法とか全然……」

「そういうのは何もいらないよ。誰かの前で飲んで欲しいわけじゃないし。まだ修業の身だからさ……でも、茉莉に見て欲しいんだ。俺が何やってるのか。茉莉は俺を押してくれただろ？　逃げまくってた俺を、叱ってくれただろ？　だから茉莉には見て欲しいってずっと思ってて……ダメかな？」

お得意の、子犬がすがるような目ではなかった。真剣な男の目をしていた。茉莉は無意識に右手のリングに触れる。きっとこれ以上のことが起きる予感がして、僅かに震えた。それに、和人の母と顔を合わせてしまったら最悪だ。

「茉莉……」

「……ん……わかった……」

和人はホッとしたように顔を綻ばせる。それが余計に茉莉の罪悪感を濃くした。

「もう行きな。気をつけてな。明日も仕事、頑張って」

「ありがとう。カズくんもね」

「ああ。後で電話するよ」

茉莉は頷くと軽く微笑んで踵を返す。

ホームにカツンカツンと茉莉のサンダルの音が響く。和人はその後ろ姿をじっと見送っていた。メロディが流れ、ホームに電車が入ってくる。茉莉は改札へ向かう。和人は電車を横目に、まだ茉莉を見送っている。いつも改札の手前で振り返る彼女を、和人は待っていた。

電車がホームに着くと、人が乗り降りする。その人垣に紛れて茉莉の背中が曖昧になるのを、和人は首を揺らして見つめていた。

彼女は振り返らなかった。人垣がどんどん改札に流れていく中、茉莉が足を止めた。電車の扉が閉まった瞬間、まだホームに立ったままの和人の視界の中で、茉莉がガクンと崩れ落ちた。

「茉莉っ」

慌てて駆け寄り抱き上げると、すでに茉莉は意識を失っていた。

病院の待合室に靴音が響く。和人が顔を上げると、それに気付いた茉莉の両親が駆け寄ってきた。

「茉莉は」

「あ……と、とりあえずは処置は終わりました。貧血だそうです」

「貧血か……」

物凄い形相で飛びついてきた両親は、大袈裟なほど安堵する。それはそうだろう、娘が意識を失って病院に運ばれたら誰だって驚くはずだ。そう思って、和人は身を正して頭を下げた。

「僕が茉莉さんを連れ回してしまって、申し訳ありませんでした」

「あなた、連絡をくださった方よね？」

「真部和人と申します。半年ほど前から茉莉さんとお付き合いさせていただいています。群馬の小学校の同級生で、お姉さんのところに茉莉さんがいらしていた時に再会しました。今は僕も神田にある実家に住んでいて」

「そう……茉莉にそういう人がいたなんて」

母親の方は何とか顔を綻ばせたけれど、父親の方は憮然としたままだ。

「茉莉は？」

「あ、そこの処置室にいます。でも今点滴を打って眠っています。起こさないように、僕はここにいるようにと。あ、それで、先生が、御茶ノ水の大学病院に移送した方がいいんじゃないかって……茉莉さんのお財布の中にそこの診察券が入っていたので見せてみたら、連絡を取ってくれたようで」

「わかった。どうもありがとう。君はもう帰りなさい」

「いえ。傍にいさせてください」

「3人も付き添いがいたら病院に迷惑だろ」

「お父さん、そんなこと……」

母親が諫《いさ》めても、父の険悪さは変わらない。やはり茉莉に無理を言ってでも挨拶に行くべきだったと和人は後悔した。

「茉莉を見て来るわ」と処置室に母が入ると、残された2人は向き合ったまま表情を強張らせた。

「真部くん、だったね」

「はい。あの、ご挨拶が遅れてしまって本当に……」

「挨拶はいいよ。茉莉がそういう気持ちになっていてくれたなら嬉しいよ。誰か気の安まる人が傍にいてくれたらと思っていたからね」

父が腰を下ろすのに促されて、和人もそこに座り直す。娘が選んだ男の顔を見据えると、精悍な、いい顔つきをしていた。けれどやはり素直に喜べないのは、父親特有の嫉妬ではなく、もっと深い悲しみに似た感情だった。

「君は茉莉を受け止められるかい？」

「え……？」

「あの子は27歳になったよ。もう、ほとんど時間がないのに、君は茉莉を選んだのかい？」

「あの……すみません。よく、わからないのですが」

父親は和人の方を見た。困惑している和人と目を合わせると、父親は声を上げて叫び出しそうになって口を塞いだ。


茉莉はかかりつけの病院に運ばれると、即入院が決まった。2、3日療養すればいいとのことだが、両親は主治医と話すために部屋を出た。個室の心もとない明かりの下にいる茉莉を見下ろして、和人はその頬を軽く撫でる。

彼女の父は何か言いたげだったのに、途中で話を切り上げてしまった。むやみに反対する父に無理を言って頭を下げてここまでついて来たけれど、ただの貧血の割には両親も医師も深刻な顔をしているし、おまけに入院だ。

昔患った病気が、まだ完治していないのだろうか。茉莉の胸に刻まれた傷の感触を思い出すと、和人の胸に不安がよぎった。

「……カズく……？」

茉莉が目を覚ます。和人は身を乗り出してのぞき込んだ。

「茉莉……！　気分はどう？　どこか痛い？」

「平気……ここ……」

茉莉は視線だけ動かして、すぐに、「病院？」と訊いた。和人が頷くと、茉莉はひどく悲しい目をして彼を見上げる。

「ごめんね……」

「どうして？」

「迷惑かけたでしょ……？」

「かけてないよ」

「でも……せっかく楽しかったのに……」

「楽しかったね。また行こうな」

茉莉が力なく頷く。無理に笑おうとする彼女に気付いて、和人は優しく頬を包み込んだ。

「話したいことがあれば話して。眠りたければ眠っていいよ」

「……今何時？」

「11時半くらいかな」

「もう、帰って……わたしは大丈夫だから。大したことないから心配しないで。カズくんはお稽古があるんだから」

「傍にいるよ」

「わたし平気だよ。昨日あんまり眠れなかったの。その前の日も嬉しくて楽しみで眠れなくて……だから大したことないから。寝ればスッキリすると思うから」

「じゃあ眠りな」

和人が茉莉の右手を握る。ふたりの指輪がカチッと触れた。

「でもね……」

「家には連絡した。そんなに俺のことばかり心配しないで」

「でも……もう遅いし……」

「俺は大丈夫だから。もっと頼っていいよ。言いたくないこともあるだろうけど、俺には言って欲しい。茉莉は俺の一番なんだから、遠慮いらないんだよ」

茉莉の目にみるみる涙が溜まっていく。ポロリと横へ流れ落ちるのを、和人は指先で拭った。

「茉莉が好きだよ。初恋の君より、今の茉莉が俺は好きだよ」

和人が唇を寄せると、茉莉はそのまま彼の首筋に腕を伸ばす。ぎゅっと抱きしめると、茉莉はしがみつくように和人のシャツを握りしめた。

「ごめんなさい……」

「謝らなくていいんだってば。謝るとこじゃない」

「でも……」

「茉莉は俺にどうして欲しい？　茉莉も俺にちゃんと望んで。そうじゃなきゃ、不公平だろ。俺ばっかり茉莉にしてもらうのは」

「そんなことないよ……カズくんは今のままで十分……そのままでいて」

「それが君の望み？」

体を離して視線を合わせると、茉莉は恐る恐る和人の頬を両手で包んだ。手が震えているのが和人にも伝わっていた。

「そのままでいて。カズくんはずっと、そのまま。進んだ道を信じて、お稽古を続けて……優しくて温かい人でいて」

「うん」

「約束だよ。もう逃げちゃダメ」

「うん、わかってる」

「もう、壊れない？」

「ああ。もう大丈夫。俺には茉莉がいる」

茉莉はボロボロ涙をこぼしながら、洟を啜って小さく笑ってみせた。茉莉は彼の肩先に顔を埋めると、もう一度言った。

「――壊れないでね」

その声色がとても悲しげに響いて、和人は焦ったように茉莉の背を抱きしめた。病室の薄明かりの中にいる茉莉は、今にも消えてなくなりそうに見えた。

限界だった。嘘をつくのは疲れた。だからもう眠りたかった。

それは諦めじゃなくて、走り終えた疲労感。だからとても疲れていたけど、満足はしていたの。

あとは大好きな人たちにありがとうを告げて、どうかもう、眠らせて。

20

2、3日と言われた入院は予想通り長引いた。イベントに行けなくなったことを沙苗に詫《わ》び、できている衣装を家から持って行ってもらった。イベントの日、沙苗は撮った写真をすべてプリントアウトして、月野たちを引き連れて病院に持って来てくれた。

和人は時間が取れれば1時間でも顔を見せる。茉莉の好きなものをいつも土産に持って来た。

入院は3週間で済んだ。久しぶりの病室で、茉莉はこれからのことを懸命に考えた。和人が来るたびに気持ちは大きく揺れたけれど、同時に、病室にいる和人が礼子の夫を思い出させ、茉莉は心を決めた。

残暑がようやく引き、秋風が吹く頃、茉莉は和人の家に赴いた。知った門の下に、和人がいた。若葉色の着物に焦げ茶の袴《はかま》、着物より深い色の羽織を着ていた。

「いらっしゃい」

「別人みたい」

「まずは格好からね」

和人が招き入れてくれるのに従って、門をくぐる。1年前と違って、屋敷内はしんとしていた。それでも手入れの行き届いた美しい庭は健在だ。

「驚かないいんだね」

「え？」

「大抵、初めて連れて来る人は驚くよ」

「……わたし初めてじゃないから」

和人がきょとんとする。洋館の向こうを指して、茉莉が悪戯っぽく言った。

「あの、向こうのお茶室で、体験入門したことあるの」

「え！　そんなの初耳だよっ」

「初めて言ったんだもん。だって、なんかストーカーみたいでしょ？　ストーカーよりひどいか。偵察みたいな真似して」

「……それ、いつの話？」

「去年の秋。……ゴメン」

「いや……ちょっとビックリしたけど……」

「最初はビックリしたよ。大きなお屋敷で、門見ただけで帰ろうかと思ったもの。でも、カズくんが嫌っていた場所を見たかったんだ。趣味悪いよね。ホントにごめんなさい」

「いいよ。……全然興味ないみたいな顔して、少しは俺に関心があったわけか」

「正直、ここに来たら臆したけど」

「今日は誰もいないから安心して。地方に行ってて夜まで帰ってこないし、お手伝いさんも今日は来ないでもらったから」

「お手伝いさんもいるんだ……」

「臆した？」

「凡人だからね」

和人が柔らかく微笑んで髪を撫でた。

茶室へ通されると、静寂に包まれた茶室の釜の前に和人が座る。それだけで室内が凛とした気がした。

「リラックスしていいよ。無理に正座もしなくていいし。作法なんか気にしなくていいから」

「ん。わかった」

そう頷いてみても、茉莉は背筋を伸ばしたままの姿勢を崩そうとはしなかった。

「お菓子どうぞ。栗きんとん、おいしいよ」

和人から懐紙を受け取ると、器から茶巾絞りのきんとんを取る。

「いただきます」

一礼すると、釜の前で和人が優しく笑んだ。

和人の点前が始まる。ふくさ捌《さば》きも堂に入っていた。両方の手が互いに意志を宿したように動く。茶を点てる小気味いい音を聞きながら、茉莉は彼の母を見た時のように感動を覚えた。

一連の動作を、茉莉はひとつも見逃さずに見つめていた。凛とした静寂の中に在る彼は、迷いのない美しい人だった。

床の間の花や掛け軸や茶碗の価値や意味はわからないけれど、それらにはすべて和人の想いが籠っているのだろう。自分のことを考えて、自分のために用意してくれたのだと思うと、茉莉は胸を締めつけられた。この小さな部屋の中には、和人の愛が詰まっていた。

差し出された茶碗を右手で取り、左手に乗せる。茉莉のぎこちない動きに、和人は頬を上げた。

「いただきます」

和人はそこに座る茉莉を眺める。今度はぜひ着物を着てもらおうと思った。きっと彼女は美しく着こなすのだろう。洋服だったけれど、上品なスカートを選び、白い靴下を持参した彼女の気遣いが嬉しかった。やっぱり彼女しかいないと、和人は目の前で慣れない作法に悪戦苦闘している彼女を微笑んで見つめた。

2回回し、幾口かに分けて飲み干す。飲み口を指先で軽く拭くと、懐紙でその指を拭った。茶碗の正面を自分の前に戻して静かに置き、白地に紅く流線模様の描かれた茶碗を、茉莉は両手をついてゆっくりと眺める。

「綺麗な茶碗だね」

「また冬になったらボードに行こうね」

「え？」

「シュプールみたいだろ？　その模様」

「……そんな理由？」

「そんな理由」

和人が言い切るから、茉莉は噴き出してしまう。

「そういうのでもいいんじゃない？」

「そうね、わかりやすい。とってもおいしかった。ごちそうさまでした」

茉莉が頭を下げると、和人は丁寧な礼を返した。


茶室を出ると庭へ回る。手入れの行き届いた庭には昨夜の雨の匂いが僅かに残っていた。

「茉莉、大分サマになってたよ」

「そう？　その時1回教えてもらったきりだよ。じゃ、お母さまの教えがよかったってことね」

「いっそ、お稽古に来ない？」

「え？」

茉莉が足を止めると、和人が振り返る。敷き詰められた苔の上の飛び石を行くと、外腰掛《そとこしかけ》が見える。まだ咲いていない山茶花《さざんか》の青々とした葉に囲まれた庇の下の腰掛に、和人に促されて座る。清々しい秋風が葉を揺らす音がした。

「仕事の時間に俺が合わせるよ。まだ教えられる身分じゃないけど、個人的になら誰かに何か言われることもないし……。ゆっくりでいいんだ。勉強してみない？」

「カズくんが教えてくれるの？」

「うん。会社帰りとか……無理かな」

「そうしたら会う時間が増えるね」

「そうだろ？」

和人が思い切り頷く。けれど茉莉はすぐに答えをよこさなかった。茉莉は何も言わず、何を考えているのかわからないような顔で庭を眺めている。チラリと彼女の指先に視線を落とすと、さっきまであった指輪がなくなっていた。和人は唐突に、不安に駆られた。

「ごめん、お稽古なんて本当はどうでもいいや……」

「え？　どうでもいいの？」

茉莉の柔和な笑みが、和人の不安を煽る。和人は焦ったように身を乗り出した。

「茉莉、俺と結婚しよう」

「………」

「俺と一緒になったら、慣れないこと山ほどあるけど、でも俺が全部教えるから。茉莉の負担にならないように工夫するし、茉莉が混乱しないように俺が絶対支えるから。だから」

「仕事は？　やめるの？」

「あ……っと……」

和人が言葉に詰まると、茉莉は諭《さと》すような笑みを浮かべた。

「カズくん、そんなに自分だけで背負おうとしなくてもいいんじゃない？　前の彼女のことがあるから、そんなふうに言うんでしょ？　カズくんがそんなに頑張らなくてもいいんじゃないかな。カズくんが傍にいれば何でも頑張れるって人、必ずいると思うよ。お茶の世界は大変だろうけど、きっと、そういう人いるよ」

「茉莉……？」

和人は何を言われているのかわからなかった。

「ごめんね。わたしはそういう人じゃないみたい」

「それって……仕事のこと？」

「ううん。わたし、カズくんに謝らなきゃいけないことがたくさんある。今日はそれを全部言いに来たの」

茉莉が目を合わせてくる。その視線に、和人はギクリと体が強張るのを感じた。嫌な予感は当たる。茉莉の口から有意義なことはひとつも出ないことを、先回りして感じていた。

「嘘が嫌いって言ったカズくんを、わたしずっと騙《だま》してたの」

「騙す……？」

「そう。わたし無職なの。アパレルの社員なんかじゃないし、一度も就職したことないの。……体壊して、働いちゃいけないって言われてるんだ。傷も本当は7年前に手術した痕なの。短大の頃、発病して、それで」

「……そう……どこが悪いの……？　病名とか訊いていい？」

「言ってもきっと知らない。悪いのは主に肺かな……でもいろいろ悪くなってくから、どこが一番悪いかわかんないや」

肩を窄めて茉莉は小さく笑う。

インターネットや病院の資料室で必死に調べた。自分の体を理解しようとがむしゃらだった時もある。それでも結局、本当に理解できたのは遺伝性のものであることと、治療法が見つかっていないことだけだった。

調べれば調べるほど、病気に立ち向かおうとすればするほど、死が近づき、希望は遠ざかった。

最期は、以前叔母たちが話していたように、咳が止まらずに呼吸不全になって苦しんで死ぬのだろう。

「病気、完治しないの」

一瞬うなだれかけた和人が顔を上げる。茉莉は真っ直ぐに言った。

「もう、治らないの。だからわたしにカズくんと同じものは背負えない。そんな力、わたしにはない」

「治らないって……え？　治らない病気って……」

「死ぬのよ」

「――――」

和人の表情が一変した。親を見失った迷子が、唐突に自分は迷子だとはっきりと意識したように、和人は目を見開いた。

「死ぬ？」

「そう。死ぬの。わたし死ぬの」

「な、なんで」

「病気が治らなくて」

立ち上がった和人を見上げて、抑揚のない声で茉莉が答える。和人は困惑を露にした。

「治らないって……薬とかは！　入院して、ちゃんと治療して！　そうすれば……っ」

「そうしたよ。そうして、でも治らなかったの。今、世界中に、わたしの病気を治す薬はないの。だから死ぬの」

「どうして……」

「それが、決まり」

「決まり？」

「そう。あなたがこの家に生まれてお茶を点てるのと同じ。わたしが生まれてこの病気で死ぬのは決まりなの」

「違うっ‼　俺がお茶を点てるのは俺が選んだんだよ！　茉莉は死ぬことを選んだって言うのか⁉　どうして茉莉がそんな……どうして？　やっぱりこの間のせいで？　俺のせい？」

茉莉の前で膝を折って、和人は泣きそうな目で彼女を見上げた。予感を遥かに超えた話は思考の中で散らかったまま一向に形が見えてこない。茉莉はそんな彼の手をもう片方の手で包み込んだ。

「カズくんのせいじゃない。あなたは少しも悪くないの」

「でも俺、すごい連れ回して……茉莉の体のことなんか一度も考えたことなかったから……」

「考えてもらわないように嘘をついてばかりだったの。ごめんね。本当にごめん」

「茉莉……茉莉やだよ、死ぬなよ……治らない病気なんか絶対ないよ、俺聞いてくるから。病院行ってオヤジのコネで一番偉い教授に聞いてくるから」

「……わたしの主治医は偉い人よ。でも治らないの。だから死ぬの。だからカズくんとは結婚できない。もう、一緒にいられない」

「なんで？　何でそんな全部捨てんだよ！　俺にだって何かできるだろ？　茉莉のために、何かできるだろッ」

必死で繋ぎとめようとする彼を、茉莉は宥めるように笑んだ。聖母のような清らかな笑みが余計に和人を深く傷つけた。

「もう十分。カズくんには十分すぎるくらいしてもらったから。最後の思い出……諦めてたことたくさん、カズくんは叶えてくれた。……彼女にしてくれて、どうもありがとう」

「やだよ……俺もう決めたんだ。茉莉を嫁さんにするって、決めたからダメだよ」

「ごめんね、もう無理なの。わたしじゃ役に立てないの。指輪、返すね。これもありがとう。嬉しかったよ」

そっと腰掛の上にシルバーの指輪を置くと、茉莉は和人の手を少しずつ引き離して立ち上がった。絶対泣いたらだめだと、痛いくらい唇を噛んだ。全身が砕けてしまいそうな痛みだった。和人に背を向けると、小さく一度だけ震えた。

「茉莉……どうして自分が死ぬこと知ってるの……」

「……余命10年て言われてるの。それからもう7年経った。だからあと3年」

「3年後に死ぬの？」

「そうよ」

「……なんで、茉莉なんだよ」

答えられなかった。けれどその言葉を和人が言ってくれたことに、茉莉は救われた思いがした。

振り返らずに「さよなら」を告げると、放心している和人を残して茉莉は庭を出る。大きな門の下を足早に抜けて、屋敷に背を向けて歩いた。

死ぬことだけが安息だったわたしをあなたが生きさせてくれた。
だからわたしは死ぬことが怖くなったの。
死んでしまうことが怖い。
だからこそわたしは、自分が今生きていることを実感できたんだよ。
和人——ありがとう

21

紅葉が綺麗だから来ない？　という桔梗の誘いに乗ったのは、それから1週間後のことだ。この1週間でぐっと寒くなって、葉はあっという間に秋色に染まった。

家と同様、桔梗のところでも茉莉はうまくはしゃぐことができなかった。笑った方がいいところで笑えず、心配をかけてはいけないと思うほどにうまく取り繕えない。この間までできていたことが上手にできなくなっていた。

何とかしなくてはと、茉莉は姉の家を出て、ブラブラと散歩をしながら秋空を眺めた。

失ってみて初めて、彼が生活の、心の、すべての中心にいたことを痛感していた。

ぼんやりと銀杏《いちょう》並木を歩く。平日の午後、時間はゆっくりと流れ、あたりはしんとしていた。ただ茉莉の踏む落ち葉の音だけがサクサクと小気味よい音を立てていた。

長い並木道をゆっくり歩いていると、後ろからリズムのずれた音がする。誰かも落ち葉を踏んでいると耳でわかった。

「茉莉」

唐突にその声に呼ばれて、茉莉は息が止まる。恐る恐る振り返ると、そこに和人がいた。

「……カズくん……」

「また、ストーカーみたいなことしちゃった」

和人は子供のような笑顔で小首をかしげた。たった1週間しか離れていないのに、それは涙が溢れそうなくらい懐かしかった。

「どうして……？」

「会いたくて」

「ここまで……？」

「ご両親に聞いた。ごめん」

「…………」

「俺、考えたんだ。すごくたくさん考えた。家に入ろうって決めたのと同じくらい、ずっと考えてたんだ」

「何を……」

「君のこと」

和人がきっぱりと言う。茉莉は本当に泣き出してしまいそうなほど胸を締めつけられる。停止していたものがすべて今また動き出した気がした。

「君の病気のこともご両親に教えてもらった。病院へも行った。それでまた考えて、ここへ来たんだ」

「わかったでしょ？　もう、ひとつも嘘ついてないよ」

「うん。わかった。奇跡はどうやら起きないみたいだね」

「もう7年も待ってるんだけど……」

苦笑する茉莉に、和人はゆっくりと近づいて来る。互いの体温を感じられるくらいの視線で、向かい合った。

「結婚しよ。3年でいい。茉莉の最後の時間を俺にくれないか？　3年間、大切にする。君のことだけを考えて生きる。だから俺と、結婚しよう」

目の縁に集まってきた涙をこぼしてしまう。和人が手を伸ばしてくるのを見て、慌てて拭うと、茉莉は首を振った。

「だめ。あげない」

「どうして？　ひとりよりふたりの方が」

「死ぬ時はひとりよ。だからいや。カズくんに看取ってもらう人生のエンディングなんて、絶対にいや」

「俺じゃ頼りにならない？」

和人が顔を顰めると、茉莉は涙を拭き意志の強い視線で見上げた。

「カズくんの人生は、あと3年で終わらないの。何年も何十年も続いていくんだよ。誰かを愛して子供を作って、いろんな夢を見て生きて欲しい」

「俺はそれを茉莉としたいんだ。茉莉以外考えられないんだ」

「わたしはもう子供が産めないもの。これからどんどん病気も悪くなってく。そしたら何にもできなくなるんだよ。カズくんに夢を見せることも、一緒に将来を描くこともできない。それでもいいの？　わたしはいや。そんな自分をカズくんに見せ続けて死ぬのはいや。死ぬって、ドラマチックなことじゃないんだよ。いなくなるの。こうやって触れることができなくなる。カズくんがつらくても、抱きしめることもできないの。永遠に消えるの。死ぬってそういうことだよ？　わかる？」

和人の片頬に触れながら、茉莉は怒ったように悲しそうにじっと彼を見据えた。

「それにわたしは、カズくんといたら死ぬことが怖くなる。死にたくないって、そのことにばかり怯《おび》えて3年暮らすことになる。そんなのまっぴらよ。あなたのせいで死にたくないなんていう人生は欲しくない。だから、もう別れるんだよ、わたしたち」

「茉莉は……死ぬことが怖くないの？」

「……怖くない。そういう生き方をするから」

「執着がないってこと？」

「……カズくんに出逢うまではそうだった。一瞬が楽しければいいやって……。でもね、今は違うよ。今は楽しいこともつらいことも苦しいことも全部受け入れるつもり。そういう生き方をしたいの。カズくんに縋って嫌な女に成り下がるより、そっちがいい。全部受け入れて、たくさんもがいてたくさん悩んで、でも頑張る。ちゃんと生きることを頑張ろうって思う。わたしも逃げないでやろうって思うの」

「……そこに俺はいない？」

「……いない……よりかかるものはいらない……」

「そんなにストイックに生きたいの？」

「ストイックじゃないよ。普通になるの。生きるとか死ぬとかじゃないちゃんとした生活がしたいの。健康な人みたいにはいかないけど、今よりもっといろんなことやってみたい。我慢して卑屈になるより、やれるだけやってみたい。諦めるんじゃなくて、その中でできることを探したい。比べる生き方じゃない自分を探していくのって、大人になるってことでしょ？　そういう……普通」

「アニメとかも？」

和人が小さく笑うから、茉莉は肩を竦めた。

「そうだね。自分で見つけた楽しいことはとことん楽しむ！　楽しいことは楽しいって、ちゃんと思えるのも、普通かな……」

「その普通の中に俺のポジションはもうないわけ？」

和人が迫り、茉莉は彼から離れる。和人の言葉が茉莉の覚悟を撃ち抜いていく。隙あらばつかまえようとするその手を、茉莉は振り払うように言った。

「ないわ……」

「……俺は子供だの夢だのが欲しいわけじゃない。おまえが欲しいんだよ」

「……無理」

「寂しくないのか？　茉莉は俺と離れて寂しくない？　俺は寂しくておかしくなりそうだよ。家のこと全部捨てちまってもいいって本気で思った。茉莉がいないなら全部意味ないって」

和人の投げやりな発言に、茉莉は勢いよく顔を上げた。両方の手で和人の頬を強く叩いて、そのまま包み込んだ。

その瞬間、茉莉はああそうかと気づいた。

和人を〝生かす〟こと。それが和人と出逢った意味だ。自分ばかりが和人に生かされたのではなく、自分もまた和人を生かすためにいたのだ。

「ちゃんと生きて！　和人はちゃんと生きてっ！　自分で決めたこと投げ出さないって、逃げないって約束したでしょ。わたしのために全部捨てて、わたしが嬉しいと思う？　そんなあんたを好きでいると思う？　バカじゃないのッ！」

「茉莉……」

「和人は生きてるんだよ。今もこれからもずっと生きるの。捨てたら許さないからね。わたしに点《た》ててくれたお茶を捨てたら、許さないっ!!　いい、和人？　あんなに悩んであんだけ迷って、何年も逃げまくって、それでも和人はお茶を選んだんだよ。前にわたしに言ったよね？　やりたいことがあるってことはすごく貴重なことだって。すごく恵まれてるんだって。和人は自分でその中に入れたんだよ？　そこはずっとあんたが憧れてた場所でしょ？　それを捨てたら後悔するよ。それをわたしのためなんて言わないでよね、バカ」

「……またバカって……」

「いつもバカみたいなことばっかり言うからバカなの！　和人は神童じゃなくて、ただのバカ！」

包んだ両手でまたパチンと叩く。そうして交わした視線は、ふたり同じ色をしていた。喜びも悲しみも、愛する想いも、すべて伝わり合えた。出逢ってからはじめて溶け合えた気がした。

「茉莉は、俺と出逢えてよかった……？　バカな俺と貴重な時間に出逢って、よかった？」

「よかった……巡り合えただけで幸せよ。一緒にいてくれてありがとう」

「……そっか。……君にとって意味のあることならよかったよ」

「今度シャツのボタンが取れかけたら、自分で縫うんだよ」

「ああ……」

「いつか、縫ってくれる人と出逢ってね」

和人の指先が茉莉の耳をなぞる。頬を撫でて唇に触れると、そっと顔を近づけてふたりは最後のキスをした。

「わたしのこと、ちゃんと諦めてね。それで、新しい人を好きになって……いい？」

「……ああ、茉莉の願いなら聞くよ。約束する」

「ごめんね。先に死んじゃってごめんね。弱い命でごめんね……でも、生涯最後に愛した人が、カズくんでよかった……」

「俺は君が、生涯最初に好きになった人だよ」

「ありがとう……」

「生まれ変わったらって、言ってもいい？」

「……また……中学生みたいなこと言う……」

和人は洟を啜って笑った。茉莉はしっかりと和人を抱きしめて言う。

「次は絶対強い命で生まれてくるね。そしてまた、カズくんの取れかけのボタンを縫ってあげるよ」

「ああ、待ってるよ」

抱き合って、ふたりはしばらく目を閉じた。互いの鼓動が胸に響く。生きていることがただ幸せだった。そしていつかの日を一緒に夢見る。生きていながら同時に、ふたりは死を共有していた。

茉莉はもう思い残すことは何もなかった。ありがとうもごめんねも好きですも、全部伝えられた。死ぬことも、生きることも、もう怖くなかった。

ゆっくり離れると、もう一度視線を交わす。

茉莉は優しく微笑んでみせた。和人は無邪気な笑みをこぼした。

ふたりはゆっくり背を向けて、銀杏並木を左右に別れる。サクサクという音が重なって、次第にずれて、やがて遠のいていった。

それが和人を見た最後だった。

それが茉莉を見た最後だった。

死ぬ準備はできた。

あとは心を全部綴ってきたこのノートを捨てるだけ。

あと3年、やってみるよ。和人に教えてもらったから。

生きてるのがこんなに愛しいことだって。

死ぬ準備はできた。

だからあとは精一杯、生きてみるよ。

＊　＊　＊

雪が降ってきた。

四角い窓の向こう側の上からひらひらと白い花びらが落ちてくる。朝のニュースの天気予報が当たったんだ。下のエントランスから子どものはしゃぐ甲高い声が聞こえてくる。窓の下へと視線を移すと、家族のお見舞いに来て退屈していた子どもたちは発散するようにエントランスの柱の間を走り回っているのが見えた。全身を全力で動かせる子どもたちは今年初めての雪よりも煌めいて美しい。

「高林さん、雪が降ってきましたよ。寒くないですか？　暖房の温度上げましょうか」

部屋に入ってきた聞き覚えのある声が尋ねてくるのを、枕の上の頭を小さく振って断った。

「ベッドはどうしますか、戻しますか」

「……このままで」

「苦しくないですか」

大丈夫、と目で答えると担当の看護師は了解したように頷いて、点滴の量を確認してから部屋を出て行った。

一日に何度かベッドの頭を高くしてもらっている。天井と向き合っていた視線が上がり、窓の外が見えるようになる。ガラス1枚隔てた向こうの世界を眺めることは閉鎖的な一日においては大切な時間だった。

都会の雪ははかないものだ。ひらりひらりと舞いながら空中でふっと消えてしまう。この命もこんなふうに簡単にふっと消えてしまえば楽に死ねるのにと考えながら雪を見つめていた。

病棟からも離れたCCUの一室は医療機器以外何もない。携帯用の音楽プレーヤーに内蔵されているラジオだけが、外界の情報と唯一つながっている。テレビもない、本もない、そこに娯楽なんて必要ない。なぜならそれを味わうための体力がない人しかここにはこないのだから。

窓の外を薄紅の桜の花びらが舞っていた入院したての頃はまだ歩くことができていた。

夏前には退院したけれど家ですぐに発作を起こしてまた入院。投与している薬の量が限界値に達してしまった。新薬は今のところ、ない。止まらない咳を何ヶ月も抗生剤を投与することで抑えるという辛抱強い治療が続いた。けれど、少しずつ少しずつ薬の効果よりも病気の悪化の方が早まっていた。それは、徐々に細胞が壊れていくようで、ひとつずつ体の機能が失われていくようで、1本ずつともしびが消されていくようで……。そんなふうに確実に体は変化していっていた。

以前は薬を増量すれば、安静にしていれば、医師の言うことを守っていれば、なんとか挽回できていた。けれど今はどれを全力でやってみても失われた機能は回復してくれなくなっている。

死はある日突然やってきて、鋭い斧《おの》で魂のありかと肉体を断ち切るもののように思っていた。一瞬で終わる。

甘かった。

死は、確実だけれど、もどかしいほどゆっくりと迫ってくるものだった。

いま、この無機質なベッドの上で1分を1秒を生きている。

複数の点滴を投薬し、鼻から酸素を送り込みながら、ベッドから降りることも、この狭い部屋から出ることもかなわないけれど、まだ死んではいないから生きている。

それが茉莉の最期の時間だった。

鳥のささ身と野菜の煮つけに白米という味気ない昼食が下げられる。食事制限がありすぎて好きなものを食べることができなくなってから食事の時間が楽しくなくなった。

「今日はいつもよりよく食べたわね」

お盆を下げてきた桔梗が備え付けの水道で箸とコップを洗いながら明るい声を出した。

「食べないと栄養点滴が外れないって先生が言うから。まずいの我慢して食べてるの」

不機嫌な声が返ってくると桔梗は悲しそうな顔をする。それを見るのが何よりも嫌だった。悲しいのはこっちよ、と怒鳴りたい気持ちで胸がいっぱいになる。それでも今日は桔梗にやってもらうことがあった。ベッドの横の棚からはさみを出すと、いらだちを抑えながら「髪切って」と業務連絡のように言った。

桔梗はまた悲壮な顔をして茉莉の顔を覗き込む。

「茉莉は長いほうが好きでしょ?　ショートカットなんてしたことないじゃない」

「邪魔だから」

無感情な声を出すと、桔梗は打ちひしがれたようにうなだれた。

茉莉はもう少しで舌打ちしそうになって、慌てて唇をかんだ。さすがに舌打ちは失礼だという理性はまだ持ち合わせていた。けれども、長い髪を大切に思える女性の心はとっくに失っていた。もうずっと化粧はしていない。眉毛すら描いていない。最後にマスカラを使ったのがいつだったのか、もう思い出せない。すっぴんが恥ずかしいなんて気持ちもとっくにない。院内で時々化粧をしている老婦人を見かけると、自分はもう、あのおばあさんより女として下なのだなと惨めな気持ちにさいなまれた。

桔梗は相変わらず美しいままだ。うりざね顔は年を重ねてもハリも艶も失っていない。切れ長の目元も、ぷっくりとした唇も必要最低限の化粧しか施してなくても華やかで綺麗だ。茉莉にとってそれは変わらず自慢の姉であるけれど、時々その可憐さがうっとうしくもあった。

「とにかく切ってよ。看護師さんが洗うの大変なんだから」

「大変だって言われたの？」

「言うわけないでしょ。でも1時間もかかるんだよ。洗って乾かすのに。わたしがつかれるの。へとへとになるの。桔梗ちゃんにはわかんないだろうけど」

突き放すような言葉遣いをするようになったのは、ＣＣＵに入ってからだ。

自由にトイレにいけないくせに排尿も排便もする。お風呂に入れないので、看護師さんがベッド上で体を拭いたり髪を洗ったりしてくれる。長かった髪は桔梗ちゃんに頼んでばっさりと切ってもらった。看護師さんの手を煩わせたくなかったし、何よりも洗ったり乾かしたりするのに時間がかかると疲れてしまうからだ。ベリーショートになった髪を見て桔梗ちゃんは「よく似合うよ」と笑った。でもその声は震えていて涙声だった。髪は女の命とか言っていられるのは、髪のお手入れをする体力がある人たちだけのものだ。いまのわたしには女の命よりわずかな体力の温存の方が大切だった。

そうやって優先順位がどんどん変わっていった。体の機能が少しずつ奪われていくたびに、こんな些細なことにも体の機能の秩序が必要なのかと思い知る毎日だった。失って、気づいて、けれどもう失ったものは取り戻すことができない。

死ぬって退化の最果てにあるのかもしれない。

じわじわやってくる死を待つだけの時間は地獄の拷問のようだ。自分の退化をまざまざと見せつけられる日々。使わない筋肉は容赦なく落ちて腕は手首と同じ細さになったし、肩の骨は突き出している。肉のそげたお尻は座ると骨がゴリゴリ当たって痛くてたまらない。足もそう。頬もそう。かつて「痩せたいなぁ」と気にしていた部分の肉は全部失われた。なくしたくなかった胸のハリもなくなり、あばら骨は浮き出ている。相反して体には余分な水分もたまっていて、腹部だけは異常なほどぷっくりと飛び出している。幼児みたいなアンバランスな体。かつての願いどおり体は痩せたけれど、不健康な痩せ方は気持ちが悪いだけだ。鏡を覗き込むと、少年のような髪をした小さな顔の中に落ち窪んだ眼球だけがギラギラと光っていて、今までのわたしとは似ても似つかない妖怪みたいなわたしがそこには映っている。

それを見るたびに思う。大切な人を作らないでよかったと。大好きな人にこんな顔を見られないでよかった。改めて確信する。あの時の選択は間違っていなかった。

（和人もこの雪を見ているのかな……）

自分の道をまっすぐに進んでいてほしい。それだけがわたしの願いだ。


和人と別れてから、わたしは必死で漫画を描いた。投稿して落選しても、月野さん経由で紹介してもらった出版社さんに一刀両断されてもめげることもあきらめることもせず猛然と描き続けた。あの時の必死さを今言葉にするのなら、『何かを生み残したかった』ということかもしれない。大袈裟だけど生きたあかしのようなものを、1つでもこの世界に残しておきたかった。その中の1つが出版社さんの目に留まり、プロの方に直接指導を受け、何度も書き直し、雑誌の穴埋めのようなページへの掲載が決まった。月野さんや沙苗ちゃんが自らのブログやSNSで大きく宣伝してくれたおかげもあり、当初の予想よりも多くの人の目に留まることができた。もちろん酷評もあったけれど、おおむね好評を得ることができた漫画は3回の連載をもらうことができた。寝食を忘れて猛然と描いた。お父さんに体のことを考えろと叱られたけれど、これが描けたら死んでもいい思いで作品をつくった。入稿が終わり、担当さんからOKの連絡を受けた直後倒れて入院というおまけつきだったけれど、それらの作品のおかげで単行本を出すことができた。

本屋さんの片隅に並んだ自分の本を見た時、あまりにも緊張して近づけなかったことを覚えている。それでも、いつかそれが和人の目に留まればいいと心のどこかで願っていた。わたしは結果を出したよ、だから和人もがんばって。

コスプレは相変わらず楽しんでやっていた。けれどだんだんと徹夜を重ねるとすぐに体調を崩すようになり、一度崩れると軌道修正するのに時間がかかるようになってきた。

崩しては時間をかけて復活して、また崩しては時間をかけて復活して……そうなるともう、衣装を作る気力はなくなっていった。大好きだったアニメが終了したのを機に、イベントからは足が遠のいていった。次にハマったものもあったけれど、『好きだ』という情熱よりも『体調を維持しなくちゃ』という保守的な意識が上回っていき、衣装を作ることはなくなってしまった。

そんな時、沙苗ちゃんの結婚が決まった。

クローゼットにしまってあったミシンを引っ張り出し、以前通い詰めた生地の店に走った。まるで、体の中に電源が入ったみたいだった。

彼女のためのドレスを作った。純白のウエディングドレス。どこかの世界の誰かが着ていたものじゃなく、たったひとりの彼女のための特別なドレスだ。

あれは幸せな時間だった。沙苗ちゃんと過ごした時間を思い出しながらひと針ずつ、沙苗ちゃんのこの先の時間を想いながらひと針ずつ、丹念に縫い上げた。パールの装飾も1粒ずつ全部手縫いで付けたし、レースのひだの膨らみまでこだわって沙苗ちゃんが一番美しく見えるためのドレスを縫い上げた。

ドレスができた日、沙苗ちゃんは「茉莉が結婚するときにはわたしが茉莉のドレスを作るからね」と言ってくれた。けれどその日は来ないだろう。

純白のドレスを纏った沙苗ちゃんは美しさが発光しているんじゃないかと見えるくらい輝いていた。それを見ていたら、ものすごい満足感を味わうことができた。やり遂げた、という充足で心が満たされていった。

それからコスプレの衣装は作らなくなった。わたしを突き動かしていた「やりたいこと」はやり遂げてしまったようだった。コスプレで楽しんだ思い出は今も胸の中でキラキラした思い出だ。やりたいことを思いきりやって楽しんだ時間はかけがえのない大切な記憶だもの。でも、それも今となってはありがたい。あのタイミングで満足してしまったからこそ、そのあと、入院することが増えていってもストレスに感じなかった。もしあの時、まだ「やりたいこと」が残されていて、引き離されるように入院生活を送らなければならなかったら、それはものすごくつらかったと思うから。

余命10年と告知されてからの10年。

わたしは大切なものをなるべくつくらないように細心の注意を払って生きてきた。その努力が今の安堵につながっている。

両親や姉と別れるのはやっぱり悲しい。家族を悲しませることは苦しい。でも、別れがたい人やものは他にない。沙苗ちゃんには優しい旦那様ができた。美弥たち短大の仲間はそれぞれに新しい人生を歩みだしていてみな忙しくしている。時々メールがくるので、時々メールを返す。この距離感がいまのわたしたちには最適だった。やりたかった情熱には幕を下ろせたし夢にも一応の結果を残せて置いてきた。離れがたいとわたしを引き留めるものはなにもない。

礼子さんがアドバイスしてくれて、心の声を書き連ねてきたノートは夏に退院できた時に、捨ててきた。

かろうじてあの時は歩くことができたので、群馬に行きたいと桔梗ちゃんに頼みこみ小学校に連れて行ってもらった。

暑い夏の日だった。

ずっと決めていた。わたしの思い出を捨てるのはここしかないと。

正門をくぐると否応なしに和人との思い出がよみがえってきてつらかった。

人生最後の恋は心の一番奥に大切にしまってあった。わたしの人生最高の時間だもの。

和人に恋をして愛してもらえて、話し合えて笑い合えて抱きしめ合えてしあわせだった。

誰もいないグラウンドをまっすぐに歩いた。一歩歩くたび、思い出がひとつ開く。一歩歩くたび、和人の表情が鮮明に浮かぶ。一歩、声が聞こえる。一歩、笑顔が見える。一歩、触れた指の熱。一歩、重ねた唇の感触。一歩、熱をともした瞳。一歩、この上ない優しさ。一歩、子供のような脆さ。一歩一歩で和人が溢れ返って溺れそうになった。

和人との思い出で窒息しかけていたわたしに声をかけてきたのは校務員のおじさんだった。おかげで我に返ることができて、わたしは無事に学校の焼却炉に心を書き留めてきたノートを捨てることができた。

綴られた日々は火にくべられるとあっという間に燃え尽きて、白い煙となって空と同化して消えていった。

心の葛藤も、苦痛の涙も、数少ない喜びの日々も、精一杯心ささげた恋も、みんな焼けて空に消えた。同じ空にわたしもこうして消えていくのだろう。それはきっと、そんなに時間をおかずなのだろうとあの時は思った。

そのあとまた体調を崩し入院した先で、わたしはかつてない発作に見舞われた。ベッドから立ち上がった瞬間突然目の前が真っ白になり意識はあるのに何も見えなくなった。かろうじてナースコールを押せたのは幸運だったのかもしれない。何の前触れもなく急激に血圧が低下したのだ。

「だめだ、ＣＣＵへ運べ」

あわただしい医師の声が白い世界の向こう側から聞こえると、ベッドが動き出した。周りを取り囲む医師や看護師の声が切迫していた。白い世界の中で、ああ、もうだめなのかもしれないと思った瞬間、ものすごい力で下へ引きずり込まれる感覚を感じた。ベッドの柵にしがみついた。それでもあらがえない力で引きずり込まれるので、周りにいた医師の白衣を掴んだ。怖かった。当たり前だけど前もって知らされていなかった『死』へ引き渡されていく感覚に、わたしは激しく動揺した。

医師たちの適切な処置で、何とか踏みとどまることができたけれど、あれは間違いなく『死』だった。

今でも引きずり込まれるときのあの力強い感触がよみがえると鳥肌が立つ。なんとしてでも逃げなきゃとつかんだ医師の白衣の感触もまだ覚えている。怖かった。『死』は想像の何百倍も怖いものだった。

でも確実にまたあの瞬間は訪れる。

次はもう、掴まれないかもしれない。あらがえないかもしれない。

でもあの恐怖を受け入れない限り、わたしの今も終わらない。人間らしく生きているとはとても言えない今の生活を終えるには、もう一度あの瞬間にきてもらわないといけないのだ。

（もっと穏やかに、寝ている間に死んじゃうとか、ないのかなあ……）

そんな風に願ってしまう。カウントダウンにはいっているはずなのに、毎日は鮮明に苦しくて、自由に動けない体にはマグマのようにフラストレーションがたまっていって、時々お父さんやお母さん、あんなに仲の良かった桔梗ちゃんにさえ当たってしまうことがある。周りを盛り上げて明るくすることがわたしのアイデンティティーだったのに、まさか人に気を遣うことにさえも体力がいるなんて思いもしなかった。

人を気遣うこと、人にやさしくすること、人を許すこと、そんな当たり前のことさえ体が苦しいとできなくなってしまう。最近、心療内科の医師がカウンセリングにくるようになった。体が壊れると心まで壊れることを知った。「当たり前なんだから、憎たらしい口をきいたっていいのよ」医師はそういうけれど、どんなときも嫌われないように細心の注意を払いながら笑ったり笑わせたりすることで自分の存在価値を守ってきたわたしが、両親に対して「放っといてよ!」「もうこないでっ」とヒステリックに騒いだり、「桔梗ちゃんうざいよ」と冷徹な非難を浴びせたりすることは、言われた方もショックだろうけれどわたし自身も言った後で自分に絶望してしまうのだ。死へのクライマックスの時間は、何もかもが不自由で、どこにも逃げ場のない逃げる足もない、やるせない時間だった。

窓を横切る雪が少し大きくなった気がする。

ひとつひとつの塊の主張が強くなったようだ。積もるのかもしれない。きっとニュースは脆弱な都心の交通網を嘆く話題で持ちきりだろう。今夜はラジオをやめて音楽を聞こう。

このぶんじゃ今夜はお父さんもお母さんも、わたしがCCUに移されて以来東京の家に泊まり込んでいる桔梗ちゃんも来られないだろう。静かなひとりきりの夜。

それは、寂しさではなく安堵。

誰もいなければしゃべらずにすむ。しゃべる、という行為ものすごく体力を要し、心臓と肺をフル回転させなければできないものだとこうなって気が付いた。あんなにおしゃべりだった「お祭り」の茉莉ちゃんが無口でいると大概の人は不機嫌なのだと勘違いをされる。それをただすために無理して話すか、しゃべるという行為が疲れるものだとわからない人にわかるように説明する煩わしさを選ぶか……結局ひとりでいるのが気楽という結論になる。

ひとりが寂しいなんて、他人のおしつけの想像にすぎないと思う。

わたしはひとりの道を選んだ。

それでよかったと言える。ここに和人がいたらわたしの何かは救われたかもしれないけれど、わたしの何かは壊滅的に崩壊していたに違いない。たぶん、わたしの性格からしたら崩壊していたものの方が多いはずなのだ。

ひとりの夜は淡々と過ぎていく。

落ちていく雪を眺めながら1分を1秒を淡々と終わりに向かって進んでいく。


「茉莉さん、具合はどう？」

部屋にひょっこり現れたのは病棟に入院している凛子という少女だ。もうハタチになったというから少女、ではないのかもしれないけど、わたしから見ればまだまだ幼さの残る若さいっぱいの女の子。短い髪とはっきりとした太い眉が利発な印象のこの子とは、数年前に病棟で知り合った。礼子さんと同じ、入院友達というやつだ。

「これ、茉莉さんに作ってきたの。どうかな、好きかな」

パーカーのポケットから出てきたのは、最近作るのにハマっていると言っていたあみぐるみの人形だった。イヌかクマか微妙なできだけど、最初に見せられたトラかネコか微妙なライオンよりだいぶうまくなっている。

「茉莉さんイヌ派だって言ってたからイヌ、作ってみたの。マメシバ」

手のひらサイズのそれをオーバーテーブルの上に乗せてくれる。黒々とした目と目が合うと、愛着がわいた。

「かわいい……」

「もらってくれる?」

「ありがとう。大切にするね」

そう言うと凛子ちゃんは嬉しそうに笑った。そして長居は無用とばかりに踵を返した。

「またメールするね」

「返信、いつも遅くてごめんね」

「いいのいいの。メール打つのだって体力いるんだし。わたしに気遣いしないでよね、茉莉さん」

凛子ちゃんはわたしの体調をよくわかっている。彼女は勉強熱心で自分の病気のことはよく調べているから。つまりわたしは彼女のロールモデル。あの時の礼子さんが今のわたしで、あの時のわたしが今の凛子ちゃん。わたしたちは同じ病気だった。

「じゃあ、またね」

「凛子ちゃん、来週のカテーテルの検査、がんばってね」

「うん。イヤだけど頑張ります！」

「橋場先生なら上手だから麻酔もあんまり痛くないよ。だから大丈夫」

「茉莉さんに言われると勇気出ます」

くっきりとした二重の瞳をしならせて笑うと、凛子ちゃんは部屋を出ていった。

オーバーテーブルにちょこんと乗った犬の無邪気な顔が愛らしかった。

わたしも何か作りたい。そう思うのだけど、もうずっと針と糸に触れていない。好きなものを失うって寂しいけれど、意外と冷静に受け止めることができている。だっていつの間にか、針や糸に重さを感じるようになっていて、長い時間手を動かす力と集中できる根気がなくなっていた。だから、やれなくなってしまったという悲痛さは感じていない。

またひとつ大切なものを心に埋めていく。心の割と治安のいい場所には墓標が幾つも立っている。かつて好きだったこと。いま失ったこと。手放すのではなく心に静かに埋めていく。この先きっと、立ち上がるとか、ひとりでトイレにいけるとか、音楽を聴いて過ごすとか、新発売のお菓子が気になるとか、そんなささやかな日常の墓標が立っていくのだろう。

なるべくなら全部失う前に、本物の墓標ができてほしいと願う。

全部失って、ただベッドの上で横たわっているだけという時間は願わくば来ないでほしい。

きっと家族はそれでもいいから生きていて、というのが願いなのだろう。

温かい肌のぬくもりがあるのだからまだこの子は生きているの。そう言って母はわたしの手を撫でるかもしれない。その体温は母の心を温めて慰めてくれるかもしれない。けれど、そうなった『わたし』は『わたし』から見たら充分死んでいる。

排泄の処理と最低限の意志が持てないのなら、それを生きていると、わたしは認めない。

どうか神様、いいころあいで殺してね。

家族のために生きたいと思えた頃もあったけど、今はもうその意志を貫く力がないの。誰かの笑顔より苦痛の方が上回ってしまったから。

生きてあげたい、その思いやりもすでに心の墓標の下にある。

桔梗ちゃんが来た。

桔梗ちゃんは今、東京のうちにいる。聡さんが少しでもわたしの傍にいてあげなさいと言ってくれたのだ。それは同時に、娘を亡くしかけている父や母の傍にいてやれという意味も含んでいる。優しい人。こんな人が家族でいてくれることがうれしかった。

「茉莉、今日はどう？　この間の雪、びっくりしたねぇ。久しぶりに見たよね」

ベッドの横のパイプ椅子に座りながら優しい声でゆっくりと話す。

桔梗ちゃんのリズムはわたしのゆっくりした鼓動と同調していて、とても落ち着く。

「ちょうどベッドをあげてもらっていたから、見られたよ。きれいだったね」

「そう。よかったわね」

やすらかに微笑みながらわたしの頭を優しく撫ぜる。子供にほどこすような手つきだ。でも、きらいじゃない。

そのとき何となく、不思議な感じがした。

それは雰囲気とか空気感とかそういう曖昧な感じ方ではなく、かといって物的な証拠は何もないのに、絶対と言い切れる確信があった。桔梗ちゃんになにかあった。手のぬくもりがいつもと違う。それは多分、科学的な根拠ではない魂のレベルの、同じ血を持った姉妹だから判別できるそういう『絶対』の種類だ。

「桔梗ちゃん、なんか……あった？」

尋ねると桔梗ちゃんはきょとんとした顔でわたしを見つめて、それから驚いた声で訊き返した。

「どうしてそう思うの」

「なんか、いつもと違うから」

桔梗ちゃんの表情がくしゃっと歪んだ。泣き出すのかと思ったけど、ものすごく困惑しながら笑っていた。

「鋭い、茉莉」

恥じ入るような声で桔梗ちゃんが言う。

そしてその次に桔梗ちゃんが言った言葉は、この間見た雪のように、キラキラと空の上から降ってきてふんわりとわたしの肌の上に落ちると、ゆっくりとゆっくりと沁みこんでいった。

「わたし、妊娠したの」


桔梗ちゃんに子供ができた。

「茉莉に甥《おい》か姪《めい》ができるのよ」

わたしにとって初めての存在ができる。

改めて桔梗ちゃんの顔を見上げた。恥じ入るような、けれど喜びに満ち溢れた輝いた笑顔。それは桔梗ちゃんであって、聡さんの奥さんであって、これから生まれてくる赤ちゃんの母親の笑顔だった。

「すごい、ね」

それしか言葉が出てこなかった。

いつかは来ると思っていたけれど、その衝撃は想像していたよりずっと強烈で芯からわたしを揺るがす事件といって大袈裟でない報告になった。首都圏で降った雪が積もって交通網をマヒさせてしまったというニュースよりも大々的に報じるべきニュースだと真剣に思った。日本中、いや、世界中に報じたい。

桔梗ちゃんが妊娠しました！

わたしに、甥か姪ができます！

「いま2ヶ月だから秋には生まれるからね」

「暑い時期にお腹大きくなって大変だね」

「そうね。でも暑い時期の子育ての方が大変だって聞くから、秋に生まれてくれる方がありがたいかもしれないわ」

「そういうものなんだね。初めての子育てだね」

「茉莉だって、初めての甥、姪育てよ。出産はこっちでするから助けてちょうだいね」

心がきゅっと縮こまる。

わたしの髪に桔梗ちゃんは指を差し入れてゆっくりと撫でる。子供が大切にしている人形の髪を撫でるように。いや、今日からそれは母親がいとおしい子供の髪を撫でる仕草に変わっている。だってのぞきこんでくる目が違う。まるで聖母のような慈愛と輝きに満ち溢れている。

子育てを助けるなんてことができるわけがないことは、わたしも桔梗ちゃんもわかっている。そもそもその時退院できているのか、それ以上に生きているのかすらわからない。それでも今だけは、しあわせな姉妹の会話にひたっていたかった。信じられないほどしあわせな秋がやってくるのだと想像していたかった。

「赤ちゃんの名前を考えないとね」

「もう、聡が考え出してるわ」

「さすが聡さん、やることが早い」

「それがね、笑っちゃうの。名づけの本を買ってきたと思ったらね……」

思い出したように肩を震わせて桔梗ちゃんが楽しそうに笑う。わたしがCCUに入ってから、こんなふうに笑う桔梗ちゃんは初めてだ。桔梗ちゃんに授かった命の尊さに、心の底からうそ偽りのない純真な感謝を覚えた。

「聡ったら野草の本を買ってきたのよ。桔梗の子供で茉莉の甥か姪になるなら、やっぱりこれだろって」

「……わたし、そんなに関与していいの？」

「当たり前じゃない。家族なんだから」

この部屋に染みついている悲しみや不幸が、その一言で拭われていく。


病気になっていろいろなものを失った。

急速に両手から零れ落ちていくのを止められなくて、怖くなって、だったらいっそ自分から捨ててしまおうと手放したものもたくさんある。

将来を夢見る力を捨てた。仕事への憧れを捨てた。人と同じ生き方を捨てた。子供を作る希望を捨てた。結婚を捨てた。恋を捨てた。友人を捨てた。愛する人を捨てた。残ったのは家族だけだ。それだけは捨てられない。捨てたくともこれを捨てたら生きる手立てがなくなってしまうというドライな理由のみで手元に残した。わたしに残ったたったひとつのもの。その人たちがわたしを認めてくれている、受け入れてくれているということはそのまま生きる価値につながっているから。

「名前……わたしも考えたいな」

「うん。一緒に考えましょうね。桔梗と茉莉に続く三代目をね」

その言葉で、わたしはまだ生まれていないその子と繋がりを持った。

まだ見ぬその子。2ヶ月の赤ん坊ってどれくらいの大きさなのかしら。立ち上がった桔梗ちゃんのお腹を何気なく見てみたけれどそこに生命がいるとはだれも気付かないほどぺったんこだった。

けれど、いるんだ。


その夜、わたしは考えた。

実家の食卓のこと。

桔梗ちゃんがお嫁に行ってしまってひとつできた空席。わたしが入院してしまったらいまはもうひとつ空席ができている。戻ることができなければ、そこは永遠の空席だ。

4人でにぎやかだったうちの食卓。3人になってもにぎやかでいたいとわたしはよくしゃべった。2人になった食卓で、父と母はどうやって座っているのだろう。隣り合って座っているの。それともお母さんが桔梗ちゃんの席だった場所に座ってお父さんと向かい合っているの。2人の食卓に、笑う声はあるの？

それがいつも怖かった。あの食卓を2人にしてしまうことが最大の親不孝に思えていた。

けれど、これからは。

桔梗ちゃんが来れば3人の食卓になり、聡さんも遊びに来れば4人掛けの席は埋まる。そして、赤ちゃんができたら……（椅子が足りなくなる……）。

消灯後、部屋の灯りは真っ暗なのに心電図モニターや点滴のランプたちが部屋中で点滅している仄《ほの》かな明かりの中で、わたしはくくと笑った。

席が足りない事態が起こるなんて想像もしてこなかったから、その奇跡のような事実に喜びが溢れて止まらない。

お父さんはおじいちゃんになるのね。お母さんはおばあちゃんになるのね。娘に先立たれた父親は不幸でしかない。母親は悲痛を背負うだろう。けれど、「おじいちゃんとおばあちゃん」という響きにはほっこりした冬の湯たんぽのようなアナログなしあわせがつまっている。父と母が秋には「おじいちゃんとおばあちゃん」になる、という事実も尊い奇跡だ。

人が死ぬということは単純な引き算でしかないけれど、人が生まれるというのは足し算では収まらない掛け算の出来事なのだ。

たとえすれ違いの人生になったとしても、わたしとその子とは桔梗ちゃんを介して繋がっている。その子は紛れもなくわたしの甥か姪であり、わたしはその子にとって叔母になる。わたしは子供を産めなかったけれど、叔母さんにはなれた。その子が子供を産めばまた、その子とも繋がっていく。

そうやって枝葉が伸びていくように家族は増えていくんだ。空席は新たな命が埋めていくんだ。そうやってこの先もわたしは誰かと繋がっていくし、かつて誰かの命がわたしをこの世に繋いでくれたのだろう。

目を閉じると、瞼の向こうで緑色の光が明滅していた。それはまるでまだ見ぬその子の力強い鼓動を思わせた。


窓から見える細い枝にちょこちょこと若葉が芽生えだした。

外の気温はわからないけれど、少しずつ春が迫っているのだろう。毎日ベッドを上げてもらうたび、若葉が増えていくのを観察するのが楽しかった。忙しく働いている医師や看護師たちの感覚では、きっといつの間にか葉が茂って、いつの間にかハナミズキが今年も咲いているという情緒のない四季の移ろいも、わたしにははっきりと見える。肌感覚で感じることはできないけれど、視覚で四季の移ろいを感じることはできるのだ。

いつだったか自分の部屋を掃除していた時に、開け放った窓から季節を感じる風が吹き込んでくる瞬間の尊さをかみしめたことがあった。いつだってわたしはわかっていた。いつか全部できなくなる日のことを。だから当たり前のことにも感謝して過ごそうと心がけていた。当たり前の中にいると傲慢になってしまう時もあったけれど、それでもひとより些細なことに対して敏感に生きてこれたことはいつかこういう日がくると覚悟をしていたからこそで、余命10年と言われた人生でなければ築けない生き方だった。

　まさか僥倖《ぎょうこう》、とは言わないけれど、そういう生き方もあっていいと言っておきたい。

　凛子ちゃんが部屋を訪れた。だいぶ顔色がいいので退院が近いかもしれないと思ったら、来週退院することが決まったという報告をしてくれた。

「よかったね。今回の入院はいつもより長かったから思い切りストレス解消してね」

「とりあえずおいしいもの食べたいかな」

　凛子ちゃんはわたしに遠慮しているのか、はにかんで言った。

　退院するものは入院しているものを置いていく気持ちになって清々と喜べないところがある。変な仲間意識だけど入院友達ってそういうものだ。

「茉莉さん、これ」

　凛子ちゃんが差しだしたのは先日もらったあみぐるみのマメシバと色違いの人形だった。

　オーバーテーブルに置いてあるマメシバを凛子ちゃんは自ら取ると茶色と黒の２つをくっつけた。

「１匹じゃかわいそうだから友達作ってきたの。友達？　恋人でもいいか」

　聡明な印象を受けるその顔で子供みたいなことを真面目に言ってのける凛子ちゃん

がかわいらしく思えて笑ってしまう。

ハタチの頃、ハタチってとても大人だと思っていた。

10代より善悪の判別はつくからバカじゃないし、でもまだ守りには入っていない。何があるってわけでもないのに、なんだかものすごく自分が無敵でいつだって軽やかで自由で誰にも支配できない誇りがあった。

でも、あれは、ただ何も知らなかっただけのことだ。経験も勉強も全然足りていないが故の幻想の強さだった。

ハタチってこんなに子供なんだ。ひとりじゃ心許なくて友達や恋人がいないと不安でたまらない、ひとりで生きる強さもない子供なんだ。

「ありがとう、凛子ちゃん。大切にするね」

「寂しいですからね、ひとりぼっちは」

2つのあみぐるみを両手で受け取った。

そんなに寂しいものでもないよと言いかけて、2匹のマメシバと目が合ったとき不思議な感覚が思考をよぎった。

凛子ちゃんが部屋を出ていき、また静けさを取り戻した部屋の中で、2匹のあみぐるみと向かい合った。

茶色いマメシバの目玉ボタンが電灯に照らされて濡れているように見える。プラスチックの無機質なボタンのはずなのに、黒いマメシバが隣に並んだ途端、冴え冴えと光を放ったように見えたのはどうしてだろう。

「うれしいの……？」

呟くように訊いてみた。もちろん答えるわけがない。

「寂しかったのかよぉ」

物言わぬぬいぐるみを前に自分の顔が屈辱に歪んでいるのがわかった。くやしかった。子供だな、なんて甘く見た相手に核心を射抜かれたような感じがした。

凛子ちゃんはまだ何も知らない。

余命10年の生き方なんて考えもせず、無敵で軽やかな自由をまとって生きている。同じ病気なのに退院もできるし、おいしいものだって食べられるし、働くことはできないけれど最低限の生活は送れるのだ。わたしがそうだったように、まだまだ時間はたっぷりある。

そう思ったとき、これが嫉妬だと気づいて驚いた。

手のひらの中のあみぐるみの形が歪むほど握りしめると思わずその手を振りかぶろうとしたとき、「高林さん、点滴交換しますね」と看護師の声が入ってきて、点火してしまった衝動の火を慌ててかき消した。

ゆっくりと手のひらをほどくと、2匹のあみぐるみをオーバーテーブルに並べておいて横になった。

嫉妬。まだする心があったなんて。

しかも凛子ちゃんに対してだなんて恥ずかしすぎる。あの子だってこれからたくさんたくさん苦しまなければならないんだ。どんな生き方をしたって、わたしたちがたどり着く先は同じ。礼子さんがそうだったように、わたしがそうであるように、凛子ちゃんも10年後はここにいる。

きっとその時になればひとりぼっちが寂しいなんて安っぽい弱さはなくなっているはずだ。

(どんな生き方だったらよかったのよ……)

噛みつくように心で叫んだ。けれど答える声はない。いつだって答えなんてなかった。だってわたしは必ず死ぬ。それだけは決まっている。そう思うことで、死の恐怖と向き合わないようにしてきた。そんなものとまともに向き合ったら怖くて一歩も進めなくなってしまう。生きることの辛さを、死ぬことが救ってくれる、そう思わなければ死を持って生きることなんてできやしなかった。

間違っていない。

わたしは間違っていない。

あれから眠ってしまったのか、目が覚めると辺りはしんと静まり返っていた。医師や看護師のざわめきも聞こえないし、他の患者さんの声もしないし、お見舞いにきた家族の気配もしない。この部屋だけがすっぽり時間に置いてきぼりにされてしまったかのように、深い沈黙の中にいた。

もしかして死んじゃったのかなとも考えたけれど、指先を動かせばごわごわしたシーツを掴むことができた。

耳を澄ましてみても誰の声も何の音もしない。ひとりぼっちだ。心の中でそう呟くと、何度も何度も打ちひしがれて痛んだ心の傷が久しぶりにひりひりした。胸の中にいいようのない苦みが広がっていく。やがて胸を覆い尽くすと内側からしみだすように涙が鼻の上を伝い流れて枕に染み込んでいった。

沈黙の深い底からゆらゆらと声が浮かび上がってきた。何を言っているのかわからなかった声はカメラのピントを合わせるように照準が合うとわたしを呼ぶ男の人の声だとわかった。蘇ってこないで、と祈る傍らで耳に届くのを体を固めてじっと待った。

やがて『茉莉ちゃん』とわたしを呼ぶ和人の声がした。

記憶の奥に沈めている声は泣いた時だけ浮かんでくる。最初の頃は忘れようと努めたけれど、その声を聞くと涙が止まるから無理に忘れようとすることをあきらめた。

『茉莉ちゃん』と呼んでくれる声が、心を慰めてくれる。

いつもはじっとしてその声を聞いていた。けれど、今日のわたしはじっとしていることができなかった。

堰《せき》を切ったように記憶の中に飛び込むと、一番奥にしまいこんで頑丈にロックしてあるそこの鍵を開けてしまった。開いてしまったそこから記憶が勢いよく噴き出すと濁流になって流れ出した。心の堤防も体の防波堤も越えて和人と過ごした記憶がすごい勢いであふれ出してくる。

あふれてあふれてあふれて沈む。沈んで沈んで沈んで溺れる。息もできないくらい真部和人でいっぱいになってしまった。こんなに引き出してしまったら後どうやって元へ戻したらいいのだろう。ちゃんと全部片づけられるのだろうか。残らずまた記憶の奥にしまいこめるのだろうか。不安になりながらも、一方でやけっぱちな考えも浮かんでくる。もうどうだっていい。最期の最期まで和人との思い出と一緒に過ごせばいい。ベッドの上もオーバーテーブルも床も壁も部屋中全部埋め尽くして、映画を見るように、アルバムをめくるように、お菓子をつまむように、キラキラした思い出の中で過ごせばいい。

和人との記憶に浸かりながらぼんやりと考える。

わたしは後悔しているのだろうか。

していないと言えばウソ。けれど、今ここにいてほしいかと問われれば、やっぱりいなくてよかったと思ってしまう。瘦せ衰えて色も影も失っていくような今の自分を見せるのはどうしてもいや。しあわせすぎれば死ぬことは必要以上に怖くなるし、死で別れるのも辛すぎていや。そうしたらやっぱりあの選択しかなかった。結局は、和人のためのように見せかけておいて狡猾《こうかつ》な自分のためだった。自分の辛さを半減するための別れだった。

後悔ではないけれど正解でもない。でも、人生はそういう選択と答えの積み重ねでできていく。そうやって折り合いをつけてなんとか踏ん張ってきたけど。

だけどやっぱり。

心をさらしていいのなら、やっぱり。

やっぱり、寂しいよ。

すごくすごく寂しいよ。ひとりぼっちはやっぱり寂しいよ。手を握っていてほしい夜はあるし、抱きしめてほしい心細さだらけだし、しあわせだけに包まれて死ぬことができたらどんなにいいだろうと思うよ。

死ぬことだって本当はいやだよ。逃げられるものなら逃げたいよ。もう一度外を歩きたい。空の下を軽やかに自由にこの２本の足で気の向くままに無敵の自分で季節の息吹を思い切り吸いこみたいよ。

桜の花びらを追いかけて、新緑の木漏れ日を見上げて、落ち葉のじゅうたんをさくさく言わせながら、純白の雪を両手で受け止めたい。

その隣に和人がいたら、あの笑顔があったなら他のどんなしあわせも敵わない――。


「会いたいよ……、会いたいよ、和人……」


オーバーテーブルの上から2匹の犬のあみぐるみだけが見ていた。

結局誰にも告げなかった本心のわたし。

茶色と黒のあみぐるみのこと、この先凜子ちゃんに会うことができたならお礼を言わないといけない。あのふたつは、桔梗ちゃんの手に渡っていった。どうしてかと言えば、ちょうど『2つ』あったから。

最後まで知ることはできなかったけれど、うちの食卓の椅子は『2つ』必要になる。

それはまだ、知る由もないしあわせの奇跡。


わたしが知らない、この先のおはなし。

22

斎場の祭壇に美しい女性の写真が飾られていた。まだ若いのに……と職員も悲しげにそれを見つめた。しめやかに営まれている通夜の席に、袴の青年が現れる。焼香を済ませ振り返った沙苗は、一番後ろに座ったその人が、和人だと気付いた。

皆が隣の部屋に行ってしまう。夕食をどうぞとお腹の大きな桔梗が誘導している。群馬から駆けつけた美幸が壁際で泣いているのを見つけると、桔梗は優しく肩を撫でた。

「真部さん、ですよね？」

最後まで席に座ったまま動かない彼に、沙苗が声をかける。和人はいつかの雑誌を瞬時に思い出した。

スクッと立ち上がった和人に、沙苗は愛おしさを覚える。この人が親友の愛した人だと思うと、感慨深かった。

「茉莉の顔、見てやってもらえますか？」

「そのつもりで来ました」

「おじさんたちに言ってきますね」

沙苗が部屋を出て行くと、和人はじっと祭壇の彼女の写真を見つめた。写真の中で楽しげに微笑んでいる茉莉に、和人は胸が詰まるのと同時に安らいだ気もした。

短大時代の友人たちが茉莉の母に群がって泣いていた。「仲直りしたばかりだったのに……」と美弥がハンカチで顔を覆う。あとの2人は泣くばかりで言葉も出なかった。その輪の横でうなだれていた茉莉の父に沙苗が声をかける。和人が来ていることを知らされた父は、そこから和人に深く頭を下げた。和人が丁寧にお辞儀を返すと、沙苗がそばに戻ってきた。

「真部さん、どうぞって」

「ありがとうございます」

着物で正装してきた彼はゆっくりと茉莉に近づいていく。棺の中の彼女は安らかに眠っているような顔をしていた。茉莉花に囲まれて、純白のドレスを纏っていた。

「これ、わたしが作ったんですよ」

「そう……」

「茉莉と約束したんです。茉莉はわたしの結婚式にちゃんとドレスを作ってくれたから、わたしも作りました」

声を詰まらせる沙苗を、和人は見つめた。

「茉莉、あなたと別れてから夢叶えるのに必死でした。プロになるって頑張ってました」

「本、買いましたよ。お姉さんから聞いたから」

「本当？　茉莉が知ったら喜んだだろうな……あの主人公って、あなたのことでしょ？」

「そう。茉莉の目にはこんな風に映ってたのかって、喜んでいいのか嘆いていいのかね」

「キュートなキャラですよ。わたしは好き。茉莉の描くものは全部好きなんです。この子が唯一無二のわたしの相棒ですから」

「そう……」

「あ、ごめんなさい。あとはおふたりでどうぞ」

沙苗がフフッと笑うと、横を過ぎる。和人は振り返って彼女を呼び止めた。

「あの、沙苗さん」

「はい？」

「茉莉は漫画だけ描いてたんですか？」

沙苗は少し驚いて、それから晴れ晴れとした顔をした。こんなに悲しい日なのに、とても嬉しかったから。

「いいえ。最後までコスプレもやってましたよ。わたしたち一緒に笑ってばっかでした。いっつもキャーキャー言って、子供みたいで、茉莉、いっぱい笑ってました。漫画が賞から落ちて嘆いてても、なんかいつも楽しそうでした。わたしたち、茉莉といるのが好きでした。あの子の明るさが、大好きでした」

「……お祭りみたい、ですか？」

「そう。お祭り。だからみんなあんまり泣かないの。最後に茉莉と過ごせたわたしたちは、なんだか泣けないの。楽しかったから、楽しかったなーって……満足しちゃって。打ち上げ花火見たあとの、ああいう感じよ。変ね」

「……いいえ。綺麗な花火だったんでしょうね……」

和人の安らかな笑顔に、沙苗は胸が詰まった。一途な彼女の愛が一方通行じゃなかったことを確信して、けれどそこに喜べる彼女がいないことにひどく胸を痛め、その痛みで彼女の死を意識した。

沙苗が出て行くと、そこにはふたりだけが残る。

和人はゆっくり手を伸ばして茉莉の頬に触れる。もう知っている感触ではなかったけれど、やっと辿り着けたことが単純に嬉しかった。

「茉莉……茉莉ちゃん……」

小さな声がこぼれる。茉莉は今にも目を覚ましそうだ。

「……頑張ったね。俺も頑張ったよ。この秋の茶会から出られるようになった。親父がね、次期家元として認めてくれたんだ。これからももっと頑張るよ。もっと……生きてる限りね……。君を引き止める言葉を3年間ずっと考えてた。時間はどんどんなくなっていくのに、俺は全然諦められなくて……諦めるって約束だったのにね……。3年考えたけど、結局浮かばなかった。でも、いつかさ、俺も死ぬ頃になったらわかると思うんだ。君に本当は何を言えばよかったのか……わかるような生き方をするよ……」

頬を撫でて耳に触れて、髪を梳いた。純白のドレスの胸元にある動かない手を取ると、涙が溢れ出た。茉莉の手を両手で包み込む。頬を流れる涙は湯のように熱いのに、彼女の手は固く冷たかった。

「巡り合えてよかった……それだけで幸せだったよ……ありがとう茉莉……。俺、茶会に出たら見合いするんだ……。きっとその人と結婚するよ。そうしたら少しは安心してくれる？　偉い偉いってさ……また、あん時みたいに……」

和人の嗚咽を、入り口で沙苗はじっと聞いていた。涙が止まらなくなって崩れそうになるのを必死で堪えた。

「……さよなら、茉莉」

そっと茉莉の手を離すと、和人は口付けをした。

茉莉の頬に和人の涙がこぼれ落ちる。

さよならと茉莉が言った気がした。

23

小学校の校庭に男の影が見える。校務員は焼却炉の扉を閉めると、静まり返ったグラウンドを突っ切って男の元へ走る。

「何をしてるんだい？」

突然声をかけられた男は驚いて振り返った。歳は30代後半だろう。品のいい顔立ちをした男はペコリと頭を下げた。

「すみません。僕、ここの卒業生で、久しぶりに来たものですから懐かしくて……許可もなく入ってしまって申し訳ありません」

「ああ、そう。卒業生」

白いポロシャツを着た男の姿に、校務員は8年前の夏の日、同じような訪問者があったことを思い出した。

校務員は歯を見せて言った。

「君も思い出を捨てに来たのかい？」

「え……？」

男は驚いた。言い当てられてびっくりしたのだ。

校務員室に招き入れられた男は、冷たい麦茶を出してもらい、恐縮した。校務員は8年前の訪問者のことを彼に語った。

「不思議だったよ。あれ、幽霊だったのかなぁって。でも足あったしね。真っ白なワンピース着た綺麗な人だったなぁ。でも彼女、すごく痩せていて、一目でどこか悪いんだろうなってわかったよ。今日みたいに暑い日でね。その人、焼却炉に何か捨ててたんだよ。ノートかな。1枚ずつ破きながらさ。オレ、訊いたんだよね。さっきみたいに、何やってるんだいって。そうしたら彼女、思い出を捨てに来ましたって言ってね。彼女も卒業生だって言ったな。なんでも、最後に来る場所はここに決めていたってさ。ね、幽霊みたいでしょ？　でも、彼女が捨てたノートの燃えカスは残ってたんだよね。ホントにあれ、なんだったんだろうな」

「彼女が、思い出を？」

黙って聞いていた彼が、言葉を挟む。校務員は頷きながら自分の分の麦茶を一口飲んだ。

「そう。多分その、ノートだろうね。だから卒業生って聞いて、アンタも思い出を捨てに来たのかってね。アンタ見たら、急に思い出しちゃったよ。8年も前のことなんだけどね」

校務員がアハハと笑うのに、彼も釣られて笑む。

「あの、校舎を見せていただいてもよろしいですか？」

「ああ、どうぞ。昔のラクガキもきっとそのままだよ。あ、でも一応名前聞かせてもらえるかい？」

「あ、すみません」

彼は立ち上がりながら言う。

「26年前の卒業生の、真部和人といいます」

「そう。26年前か……まあゆっくり見ていきなさい」

彼は頭を下げて部屋を出て行く。そして思い出したように付け加えた。

「8年前の彼女は、多分高林茉莉さんです。彼女も26年前の卒業生ですよ」

校務員が振り返ると、和人はニコリと笑って部屋を出て行った。

校舎はあの頃のままだ。あの頃の記憶のまま。幼い茉莉も、美しい彼女もみんなそこにいた。

和人は3年2組の教室をゆっくり歩いて、図画工作室へ向かった。

迷わず奥の棚へ足を向ける。そこにはやはりベニヤ板が積まれていた。和人がゆっくりそれをどけると、あの頃よりかなり賑やかになった場所に辿り着いた。

「すごい……ホントに伝説になったんだ……」

独りごちてクスリと顔を緩める。膝をついて和人はその名前に触れた。

棚に彫られたふたりの名前。その周りには何十人もの男女の名前が彫り込まれている。見知らぬ誰かの想いが、集結していた。

『マツリ』の名前をゆっくりと撫ぜる。あの時のはしゃいだ声が耳に甦ってきた。

「茉莉……茉莉……」

君が消えて、もう8年が経ったよ。

君が言ったように、触れることも抱きしめることもできなくなって、8年も経ったんだよ。

和人はゆっくりとそこにいる茉莉に話しかける。まだ何も知らない無垢な少女と、すべてを背負って生きようとした彼女。ふたりとも愛しい人だった。

「茉莉。俺、あの後結局結婚しなかったんだ……」

ポケットの中からティファニーのペアリングを取り出して、そこに並べた。これをあげた時のこと、そして返された時のことが、和人には昨日のように思い出せた。

和人はこの8年を思い返して深く息をついた。そしてゆっくりと彼女の名前に微笑んで言った。

「でも、最後の約束、やっと叶えられる時がきたんだよ……」

和人は来週結婚する。愛していると心から思える人を、やっと見つけることができたから。

だからそう、ここへは思い出を捨てに来たのだ。ここここそが相応しいと思った。だからひとりでやってきたのに、8年前、茉莉も同じことをしていたなんて。もう泣きすぎて出ないはずだった涙が、久しぶりにこぼれ落ちた。

校舎を出た和人は、真っ直ぐに焼却炉へ向かう。8年前の茉莉と同じ場所を歩いていると思うと、それだけで心強かった。

焼却炉の前に立ち、扉を開ける。手の平のペアリングをもう一度見つめて、ぎゅっと握り締めると、そのまま、まだ火の残るそこへ放り投げた。

和人は歩み出す。

彼の生きる道を。

＊　＊　＊

小学校にはひとつの伝説がある。

図画工作室の棚の一番奥。卒業制作の版画で使うベニヤ板を取り除くと、それは真実に変わる。今日も想い人を抱えた少女が放課後のチャイムと共にやってくる。積まれたベニヤ板をどかすと、伝説は本当だったと感嘆の声を上げた。

少女は慣れない手つきで、自分と、想い人の名前を彫る。そうして彫り終えた名前を見下ろして、少女は満足げに笑った。

混み合った愛の中心に、ふたりがいた。

そこにいつも、ふたりは寄り添っている。

――そこにいつも、ふたりは寄り添っている――

了

本書は、二〇〇七年六月、弊社より刊行された単行本『余命10年』を大幅に加筆・修正し、文庫化したものです。

文芸社文庫

余命10年

二〇一七年五月十五日　初版第一刷発行
二〇二二年四月十日　初版第二十三刷発行

著　者　小坂流加
発行者　瓜谷綱延
発行所　株式会社　文芸社
〒一六〇－〇〇二二
東京都新宿区新宿一－一〇－一
電話　〇三－五三六九－三〇六〇（代表）
〇三－五三六九－二二九九（販売）

印刷所　株式会社暁印刷
装幀者　三村淳

ISBN978-4-286-18492-0